COLLECTION FOLIO

Lilia Hassaine

L'œil du paon

Gallimard

© *Éditions Gallimard, 2019.*

Née en 1991, Lilia Hassaine est journaliste. *L'œil du paon* est son premier roman.

À Ilana

Tout être beau a l'orgueil naturel de sa beauté et le monde aujourd'hui laisse son orgueil suinter de toutes parts.

ALBERT CAMUS, *Noces à Tipasa*

PRÉLUDE

I

C'était la mort d'un roi.
Un corps sans vie, étendu sur une longue traîne de plumes.
Un regard, tourné vers le ciel.

Titus n'avait pas dix ans. Sa couronne flottait au-dessus de son crâne, ballottée par les vents de septembre. S'il n'avait été couché, on l'aurait cru vivant. Ses muscles étaient tendus, comme prêts à combattre un ennemi invisible. Cet adversaire, qui l'avait terrassé d'un coup, il semblait l'affronter encore de ses yeux fixes.

«Les rois ne meurent jamais», pensait Adonis.

Le vieillard était resté quelques minutes à observer le cadavre, assis sur le tronc d'un chêne abattu; il réfléchissait. Le jeune souverain n'était pas mort de maladie ou d'empoisonnement...
Rien ne pouvait expliquer ce drame.

Adonis connaissait bien le roi de l'île. Il l'avait vu chaque jour arpenter le vert jardin botanique aux mille senteurs d'Orient, et parader, à la saison des amours.

Lui, dont le corps gisait à même la terre, était l'ami de sa fille, Héra. Quand elle l'avait rencontré, le petit paon venait de percer sa coquille. Et ils avaient grandi ensemble, inséparables.

Jamais Titus n'avait été «son paon» : c'est lui qui l'avait adoptée, elle, mortelle au plumage transparent.

Père et fille vivaient sur cette île inhabitée depuis plus d'un siècle. Adonis savait qu'ils n'étaient pas vraiment chez eux. Locataires le temps d'une existence humaine, gardiens temporaires de l'île des paons. Elle venait de fêter ses vingt et un ans. Son père avait aimé une Française bien plus jeune que lui, qui avait eu l'indélicatesse de mourir la première : Héra était le fruit de cette histoire.

Avec sa fille, le gardien parcourait chaque jour les deux kilomètres carrés de l'île pour soigner les animaux et les plantes avant l'arrivée des vacanciers. Elle avait étudié à Dubrovnik quelques années l'histoire, parce que son père l'avait exigé et qu'elle détestait par-dessus tout le contrarier. Mais elle avait fini par abandonner, parce que son père, ce même père, était trop malheureux sans elle. Désormais, c'était à la photographie qu'elle s'adonnait. Héra capturait les paons, en image seulement. Sur ce petit bout de terre de l'Adriatique, à quelques centaines de mètres de la côte dalmate, elle vendait ses clichés aux touristes.

Jamais elle n'aurait pensé quitter cette île où fleurissent jusqu'en octobre les lauriers-roses.

Là, l'odeur fraîche du myrte embaume les sentiers toute l'année. Les grives viennent se régaler des baies couleur bleu nuit de cet arbuste au parfum poivré, dont les feuilles aromatisent les confitures et les viandes en sauce. Elles survolent chaque matin la brume légère, comme si elles tournoyaient au-dessus des nuages, et à la nuit tombée, c'est tête basse qu'elles plongent vers le lac pour disparaître à sa surface. Dans les allées bordées de cyprès, Héra s'était mariée des dizaines de fois dans son enfance. Elle couvrait son corps d'un drap de soie beige, et le laissait couler en une longue traîne derrière ses épaules. Ses pieds nus avançaient lentement dans l'herbe râpeuse, ralentis par le poids de sa robe, et elle souriait, fière de porter cette couronne de fleurs de son île. Un époux imaginaire l'attendait au bout du chemin, à l'abbaye, entre deux massifs d'hortensias grenadine. Lorsque son père la cherchait, c'était souvent là qu'il la trouvait, cachée derrière les colonnes du cloître. Adonis traversait le jardin de palmiers et de cactus, et allait retrouver sa princesse, secondé par le fringant Titus qui semblait la chercher aussi.

Rien ne semblait pouvoir troubler alors la quiétude de cet épais jardin d'éden, sinon le silence lui-même, l'assourdissante absence du cri familier d'un paon.

Cette mort mystérieuse et brutale n'aurait pas tant inquiété Adonis, si Titus en avait été la seule victime. C'était la troisième fois en un mois que le vieil homme assistait à cette tragédie. Des vétérinaires avaient été dépêchés sur l'île – on avait craint d'abord une épidémie de grippe aviaire – mais aucune trace d'infection n'avait été décelée.

La mort avait commis le crime parfait.

II

Ce soir-là, Adonis retrouva sa fille dans la maison qu'ils habitaient près du monastère. Les ailes d'un papillon de nuit, le sphinx du laurier-rose, clapotaient comme un ventilateur. Sous la lumière d'une lampe à huile, assise sur le canapé, Héra disposait ses photographies du jour. Son père, le dos courbé par des années de labeur, l'observait dans l'ombre. Jusqu'à cet instant précis, il n'avait jamais remarqué à quel point elle ressemblait à sa mère.

Héra était d'une beauté particulière, avec des épaules fines, et un cou gracile qu'elle avait emprunté aux paons. Sur ses bras nus, des grains de beauté épars, à peine perceptibles. Adonis ne pouvait résister aux supplications des yeux noirs de sa fille lorsqu'elle lui demandait quelques kunas pour s'acheter des bonbons. Elle avait bien grandi, mais elle raffolait toujours autant de ces sucreries qui lui avaient laissé quelques souvenirs sur les hanches. Ses minuscules «poignées d'amour», son père les entretenait grâce à ses talents de cuisinier. Les cheveux de la jeune fille étaient relevés en une queue-de-cheval haute, et retombaient, épais et lourds, sur son dos. Coiffée ainsi, elle semblait tout droit sortie d'un péplum. Un effet accentué par le trait noir qu'elle traçait à la base de ses paupières, et qui renforçait encore l'intensité de son regard.

Adonis la contemplait et pensait aux yeux gourmands que les touristes posaient sur elle, à tous ces hommes qui auraient aimé lui mordre le cou. Il les haïssait, mais comment en aurait-il pu être autrement ? Héra, on voulait la posséder, on voulait s'en nourrir. Comment ne pas avoir envie de planter ses dents dans cette chair si douce... Adonis comprenait ce désir-là, mais ne l'acceptait pas. Combien de fois s'était-il opposé à ce qu'elle aille se baigner avec des amis dans les grottes souterraines de l'île ? Combien de nuits avait-il passées sans dormir lorsqu'elle faisait ses études seule, à Dubrovnik ? Et maintenant qu'elle était revenue et qu'ils jouissaient ensemble d'un bonheur simple, il fallait lui demander de partir...

Il était temps de lui raconter toute l'histoire.

« Ma fille, je voudrais te parler d'une légende... une légende qu'on entend parfois ici, en Croatie... Non, il ne faut pas que je commence comme ça, tu ne comprendrais pas... cette histoire, ce n'est pas un conte pour enfants, ou une fable, non... Il faut que je remonte le temps, et que je reprenne tout, depuis le début. Je te demande juste de me croire : ton père n'est pas un fou ; et cette histoire est vraie, aussi vraie que je suis là devant toi. »

La jeune femme fit glisser sur la table les photos qu'elle tenait dans ses mains, troublée par le visage grave de son père. Il poursuivit calmement :

« L'histoire de cette île commence au Moyen Âge. À cette époque, elle appartenait à des moines bénédictins. Une trentaine de religieux avaient bâti une abbaye encerclée par la mer, à l'abri du vent et des hommes. Ils passaient des heures à parler à Dieu. Le reste du temps, ils fabriquaient une merveilleuse liqueur de myrte, réputée dans l'Europe entière. Dans leur jardin poussaient des fruits amers, tels la lime verte acide et le pamplemousse rose, gorgés de sucre, et des fleurs dont se régalaient les abeilles. Leur miel, mélangé aux fruits mûrs, donnait des confitures d'un goût exceptionnel. C'était un pays de cocagne, encore plus beau qu'aujourd'hui...

« Je te raconte tout cela pour que tu comprennes le drame qui a suivi : cette île n'était pas un simple bout de terre, qu'on pouvait quitter et retrouver ailleurs... Aucun artiste n'aurait su en rendre toutes les nuances, ces petites touches de couleur éclatantes disposées çà et là. Vert. Jaune. Rouge. Une toile de maître, qui changeait au gré des saisons sans jamais perdre en intensité. Les moines sentaient battre le cœur de ce jardin préservé du monde, ils étaient en symbiose avec lui, vivaient au rythme de ses changements d'humeur, de ses orages et de ses accalmies. Une harmonie jamais troublée… jusqu'à ce qu'un général de l'armée napoléonienne en décide autrement. Il s'était pris d'amour pour cette île… Et tu apprendras combien l'amour peut rendre fou…»

L'homme s'arrêta dans son récit, la bouche sèche. Il se servit un grand verre d'eau et, aux ondes qui se dessinaient à sa surface, Héra remarqua que ses mains tremblaient. Il reprit :

«Ce général voulut prendre possession de l'île et de ses richesses, avec la complicité de trois puissants aristocrates de Dubrovnik. Mais les religieux ne se sont pas laissé faire. Pendant des mois, ils essayèrent – par tous les moyens – de conserver leur terre : ils promirent des parts de récolte, puis toute leur récolte de l'année… en vain. L'un d'eux proposa même un partage ; mais le général voulait tout, y compris le monastère. Il ordonna l'expulsion des moines avant la fin de l'année.

«La nuit avant leur départ, les moines célébrèrent une dernière messe. Par trois fois, ils firent le tour de l'île, vêtus de leur manteau à capuchon. Ils retournèrent leurs cierges, flamme vers la terre, pour laisser s'écouler la cire sur le sol. La procession dura jusqu'au lever du jour. Ils avançaient à pas lents, récitant des prières, ânonnant de terribles chants. Cette nuit-là, ils maudirent à jamais – à jamais, Héra – tous ceux qui voudraient s'approprier leur île, tous ceux qui voudraient y habiter.»

Adonis se tut, saisi d'effroi. Elle s'approcha de lui, et lui prit la main.

Le moment tant redouté approchait : il fallait qu'il parle de ce qui la concernait. Toute la journée, il avait réfléchi à la manière de lui annoncer. Maintenant, il ne pouvait plus reculer :

« Héra, qu'on croie ou non à la malédiction des moines, une chose est sûre : les aristocrates responsables de l'expropriation sont morts les uns après les autres. L'un a été tué par son domestique, l'autre a sauté d'une fenêtre, le troisième s'est noyé dans l'Adriatique. Quant au général français, il a fait faillite quelques mois plus tard. Les propriétaires suivants ont connu le même destin : la ruine, ou la mort. Depuis, l'île maudite est restée inhabitée… jusqu'à nous. La mort des oiseaux est un mauvais présage, ma fille. Il faut que tu t'en ailles. Pour moi, c'est trop tard… J'ai cru qu'en prenant soin de cette île, elle m'épargnerait. J'ai cru qu'il suffisait d'être meilleur que les autres ; je me suis trompé. Titus est mort ce matin. Mais toi, je ne veux pas te perdre. Crois-moi, il faut que tu t'en ailles. »

Adonis avait pensé qu'Héra se mettrait à pleurer, peut-être même à crier, elle qui avait toujours eu le tempérament fougueux de sa mère. Son visage s'empourpra, mais elle ne versa pas une larme.

Les traits d'Adonis s'étaient durcis en l'espace d'une journée. Une ride profonde barrait son front, il respirait aussi fort qu'un taureau piqué au flanc par un picador. Héra se contentait d'acquiescer à chacun de ses ordres. Elle aurait voulu insister, le supplier de pouvoir rester. Mais elle avait senti une rage animale en lui, un instinct sauvage et indomptable. Un instinct de père.

III

À l'aube, Héra fit sa valise.

Elle y rangea ses derniers tirages et son appareil. Un cahier relié en cuir, qui lui servait de journal intime. Quelques vêtements. Rien de plus.

Embrassa son père encore endormi, et se rendit près du cloître. Tout était si calme...

Titus gisait là.

Elle prit son cadavre en photo.

Le cliché ressemblait à une nature morte de Desportes, le peintre animalier. Le plumage de l'oiseau était serti de cent globes ronds et brillants, ocelles hypnotiques disposés avec soin sur toute la longueur de la traîne. Héra était fascinée par ces petites planètes qui habillaient la robe rousse du paon. La lumière du matin, diffractée par les lamelles des plumes, oscillait du vert émeraude au doré, moiré de reflets bleu métallique. Sur ses ailes, des centaines de plumes parsemées de perles claires, aussi éclatantes que les étoiles d'une nuit sans lune. Quant à l'herbier de sa fourrure, il avait la couleur ocre des feuilles mouillées d'octobre, que piétinait déjà Héra, loin de son île.

À l'ombre des marronniers, elle découvrit les premières images de Paris. Les pavés gris, les routes goudronnées, l'asphalte lisse. Sa valise à la main, elle suivit les indications d'Adonis, et se rendit à cette adresse :

> *21, rue des Carmes.*
> *Sonner porte C, au nom Duchaussoy*

AUTOMNE

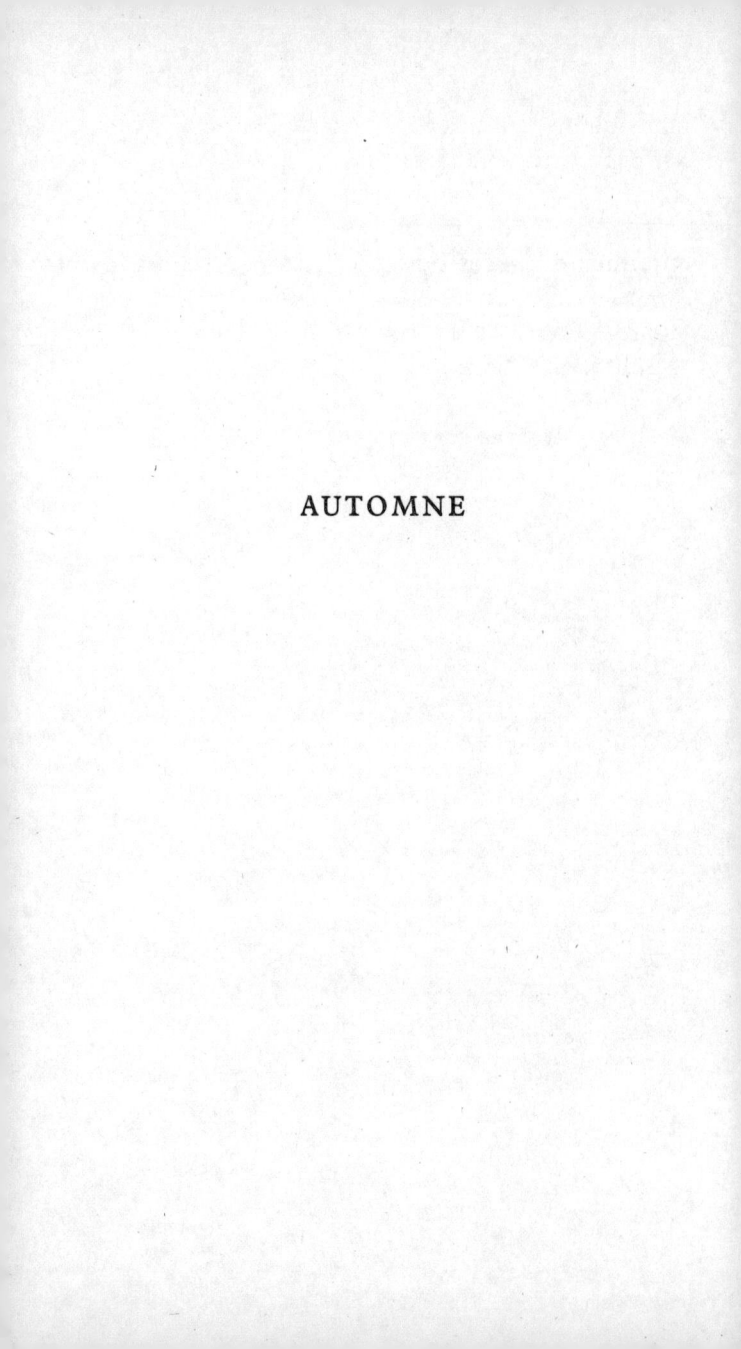

I

Héra avait trouvé facilement. C'était un quartier cossu, avec des immeubles en pierre de taille, flanqués de balustrades en fer forgé. Quelques commerces de bouche, fermés pour la plupart; ce mardi soir, la rue était déserte. Elle arriva au 21, devant une imposante porte cochère, et pénétra dans la cour intérieure. Un chemin pavé menait au hall d'entrée, au centre duquel se trouvait un ascenseur ancien à grilles coulissantes – en panne. Héra grimpa les six étages – sa valise à bout de bras – et sonna, essoufflée, au nom «A. et L. Duchaussoy».

— Qui est là?
C'était la voix aiguë d'un petit garçon.
— C'est moi, la fille d'Adonis.
Héra entendit le bruit d'un tabouret qu'on déplace, et comprit que l'enfant la regardait par le judas.
— Je cherche Agathe. C'est ta maman?
— Oui... Elle avait dit que tu viendrais, mais je sais pas si j'ai le droit d'ouvrir...

— Écoute Hugo, on va faire un truc. Tu ouvres cette porte, et je te donne une pièce de vingt-cinq kunas, s'amusa Héra.
— C'est quoi, des kou-nas?
— C'est la monnaie de mon pays. Des pièces d'or!

Le garçon eut un instant d'hésitation.
— Bon... d'accord, mais tu me montres d'abord.

La jeune femme entendit le cliquetis des clés dans la serrure, vit le loquet s'ouvrir, puis une main surgir de la porte. Elle y déposa la monnaie.
— On dirait une pièce du Moyen Âge...
— Elle est à toi.
— Tu peux passer! cria l'enfant.

Héra n'avait jamais vu ça. L'appartement était plongé dans un bain de lumière. Dans le salon, des murs immaculés, un canapé blanc, un tapis écru sous une table basse laquée.
— Bienvenue au pôle Nord, plaisanta Hugo.

C'est à ce moment précis qu'une femme entra dans la pièce, une femme blonde, très pâle, un livre à la main. Elle aperçut Héra et l'enfant, figés comme des statues de glace.
— Bonjour, je suis...
— Oh, je sais qui vous êtes, répliqua-t-elle.

Agathe toisait la jeune fille. Son regard s'arrêta sur ses chaussures encore mouillées.
— Vous êtes comme Juliette, une vraie petite sauvage, hein! Ma sœur a toujours été très «baroudeuse», comme on dit. Enfin, jusqu'à ce que... Vous n'êtes quand même pas venue à pied, si?

— Non, je…

— Comment peut-on marcher avec des chaussures aussi sales sur un tapis… On ne vous a donc jamais éduquée ?

Héra se sentit rougir. En se penchant pour défaire ses lacets, elle vit tomber l'élastique qui nouait sa longue tresse. Hugo le ramassa, et s'approcha d'elle en chuchotant :

— Ma mère est comme ça, fais pas attention.

L'enfant portait une chemise en lin, fermée à l'encolure. C'était un petit garçon joufflu, qui semblait plus mûr que ses neuf ans. Il se faufila dans la salle de bains, les mains dans les poches.

Agathe s'était servi un verre de vin rouge et pianotait sur son portable, avachie dans son grand canapé blanc. Héra était décontenancée, on semblait l'avoir déjà totalement oubliée.

— Tante Agathe, je ne sais comment vous remercier.

Aucune réponse pendant de longues secondes, pas le moindre mouvement de tête puis, soudain, les deux yeux gris de sa tante la fixèrent :

— Mais c'est bien normal, voyons. On n'allait pas vous laisser à la rue.

Et comme Héra restait là sans bouger, elle poursuivit :

— Votre chambre est à l'étage, si vous voulez bien y ranger vos affaires.

La jeune fille prit la clé que lui tendait sa tante, ses bagages, et au moment où elle allait quitter la pièce :

— J'ai pas fini. Vous savez cuisiner ?
— Un peu.
— Tant mieux. La cuisinière nous a lâchés la semaine dernière. Vous pourriez vous occuper des fourneaux, du frigo, du lavabo, de tous les trucs en «o» quoi. Ça ne vous dérange pas ?
— Non.
— Ah! j'oubliais. Vous passerez récupérer Hugo demain ? Il n'a pas école le mercredi après-midi.

Héra songea qu'«Hugo» finissait aussi par un «o».

II

Agathe jetait un froid partout où elle passait. Ses yeux étaient d'un gris métallique, de la couleur de cet acier dont on se sert pour forger les épées. Des cheveux blonds, ramassés en un chignon strict, tiré sur les tempes, et des cols roulés beiges, en laine d'angora.

Mais ce qui surprit Héra les jours suivants, ce fut la personnalité de son mari, Laurent – tout l'inverse. Un être charmant et chaleureux. Directeur d'une grande entreprise de cosmétiques biologiques et écologiques. Bel homme au teint mat, avec d'épais cheveux bouclés, toujours décoiffés. Et surtout, très amoureux de sa femme. Chaque soir, il arrivait dans le grand appartement avec un cadeau différent. Ce n'était parfois presque rien, des mignardises qu'il enveloppait dans un mouchoir au déjeuner et conservait jusqu'au soir pour elle. Mais le plus souvent, il lui rapportait des fleurs, des objets de déco achetés chez Blanc c beau, et tout un tas d'autres surprises. Il la couvrait de petites attentions, auxquelles Agathe réagissait d'une manière distante et forcée. Elle le remerciait d'un sourire crispé, pour retourner aussi vite à ses occupations.

Pourtant, Laurent ne semblait guère s'en formaliser. Les semaines passaient et jamais Héra ne l'entendait se plaindre de sa femme, ou s'énerver. Lorsque ses réunions de travail se terminaient tard – ce qui arrivait assez souvent –, il lui préparait le petit-déjeuner pour se faire pardonner. Il lisait le journal à haute voix, et essayait de lancer une conversation ou une plaisanterie : en vain. Pas un mot. Face à son silence, il finissait par l'embrasser sur le front, et filait sous la douche, sans que l'événement n'ait entaché en rien sa bonne humeur.

Une fois seulement, Héra vit le visage de Laurent s'assombrir. Agathe n'était pas rentrée de la nuit. Il l'avait attendue dans le salon, rongé par l'angoisse, et lui avait laissé des dizaines de messages sur son répondeur. Au petit matin, alors qu'il s'était endormi sur le canapé, elle était réapparue comme si de rien n'était.

— Tu étais où ?
— Au cinéma.
— Toute la nuit ?
— Oui. Toute la nuit.
— Tu te fous de moi ?

Agathe lui répondit par un petit sourire ironique. Elle se servit une tasse de thé, prit son ordinateur, et s'enferma dans sa chambre. Pendant des heures, Laurent attendit que sa femme sorte de la pièce. Il toquait de temps à autre, la suppliant d'ouvrir. Sur les coups de quatorze heures, n'en pouvant plus, il récupéra une paire de ciseaux dans la trousse de son fils pour forcer la serrure. Il la trouva allongée sur le lit, les yeux clos, et commença à la secouer.

— Eh bien non, je ne suis pas morte, dit-elle. Je ne te ferai pas ce cadeau, connard.

Agathe gardait les yeux fermés. Laurent sortit de la chambre. Ce jour-là, il ne se rendit pas au travail. Inquiet, il faisait les cent pas dans le salon, allumant cigarette sur cigarette. Lorsque sa femme se leva enfin, il reprit son sourire, elle reprit son silence, et la vie reprit son cours.

Agathe passait le plus clair de son temps à lire des romans achetés dans la petite librairie du quartier. Cette librairie, qui était la sienne autrefois. Elle y retournait deux fois par mois, non sans un pincement au cœur, et traversait les rayons en quête de nouveauté. Un titre intrigant, un auteur inconnu, un style inattendu. Sinon, elle relisait Walter Scott, Mark Twain, Marcel Proust. Stendhal. C'était son monde à elle, le seul capable de lui arracher un rire ou une larme. Ses mollets repliés sous les cuisses, elle avait l'air d'une enfant, concentrée et sereine. Lorsqu'elle se plongeait dans ses bouquins, ses traits s'adoucissaient au fur et à mesure des pages. Héra retrouvait alors chez elle des expressions maternelles, qui lui rappelaient que cette femme était bien la sœur de sa mère. Mais dès le livre refermé, son visage retrouvait son masque d'indifférence.

Ses rares gestes d'affection étaient pour son fils : elle déposait parfois un baiser sur son front, et lui achetait des livres qu'elle se gardait bien de lui lire. Pour les lectures du soir, il y avait Héra. Au fil des semaines, les parents avaient ainsi confié de nombreuses responsabilités à leur hôte, y compris la charge de leur enfant. Elle s'occupait du petit garçon comme une mère, car Agathe était toujours trop fatiguée.

Dans cette étrange famille, Hugo, lui, menait une étrange vie de petit garçon. Il passait des heures tout seul, mélancolique. Certains soirs, cependant, il se réfugiait dans la chambre d'Héra, et la suppliait de pouvoir rester. Il disait qu'il avait peur, sans vouloir dire de quoi. Ces soirs-là, il s'endormait finalement dans le lit de la jeune femme. Elle le portait alors jusqu'à sa chambre, à l'étage inférieur.
— Je n'ai absolument aucune autorité, lui glissait-elle à l'oreille, et toi tu en profites...

Une nuit, le mari d'Agathe vint la rejoindre.
— Il est attachant, hein?
— Oui, il est si paisible quand il dort. Il paraît si triste parfois...
Laurent avait perdu son sourire. Les yeux dans le vague, il se mit à parler comme s'il parlait tout seul :

— On l'est tous. Vous savez, elle était très gaie, ma femme. Avant. Maintenant, ce n'est plus pareil, c'est vrai. Mais ne vous y trompez pas : cette femme-là... je l'aime.

À la manière dont il avait dit «je l'aime», Héra comprit que l'amour entre son oncle et sa tante entrait dans la catégorie des amours fatiguées. Sans doute y avait-il eu des sentiments, mais ils étaient à présent asséchés, diminués, crépusculaires. Laurent continuait à répéter «je l'aime», comme on souffle sur des braises pour raviver un feu. Il poursuivit :

— Au fond, c'est une femme bien. Il faudra être gentille avec elle.

Héra, gênée par la scène que venait de lui jouer son oncle, coupa court à la conversation :

— J'y veillerai. Bonne soirée, Laurent.

Alors qu'elle s'apprêtait à quitter la pièce, Héra aperçut une photographie, accrochée au mur. On y voyait une famille unie, comme dans les publicités. Agathe maîtrisait parfaitement le sourire de la femme comblée, celui qu'on affiche pour la postérité et devant les amis. Les mains de son mari lui enserraient amoureusement la taille. Hugo devait avoir un an ou deux, et tétait le doigt de sa mère d'un air satisfait. C'était un tableau d'une extrême harmonie : une famille idéale.

III

Héra, ma belle Héra…
Croyais-tu qu'il suffisait de fuir ?
En se sauvant, on ne se sauve pas.

Héra se réveilla en nage au milieu de la nuit. Elle avait fait un cauchemar. Son ami Titus était couché sur un parterre de fleurs sauvages, hellébores jaunes étoilés, le cœur transpercé par une flèche. Rien ne bougeait, comme si la nature elle-même s'était endormie, les insectes, et les nuages, figés. Adonis retirait la flèche, et le paon reprenait vie quelques instants, avant qu'une autre flèche ne l'atteigne. La scène se reproduisait à l'infini. Adonis pleurait, impuissant. Héra l'entendait, et les larmes de son père transperçaient son cœur à elle. À son réveil, elle eut un mauvais pressentiment.

IV

Ce jour-là, comme tous les jours de la semaine, Héra avait fait les lits, essuyé la poussière, et préparé le dîner dans la grande cuisine vide. Comme tous les jours de la semaine, elle avait regardé par la lucarne de sa chambre son petit morceau de ciel. Et comme tous les jours de la semaine, elle avait essayé de ne penser à rien.

À quinze heures, elle avait profité de la sieste d'Agathe pour faire une promenade et s'asseoir à une terrasse de café. Son oncle et sa tante lui laissaient une carte de crédit pour les courses, elle s'en servait de temps en temps pour s'octroyer de petits plaisirs. À quelques mètres de la Sorbonne, elle avait commandé un jus d'abricot, et échafaudait des plans : « Ce soir, je m'en vais, c'est sûr. »
Elle fouilla dans son sac pour en sortir son journal intime, et écrivit :

> Ce soir, je m'en vais, c'est sûr.
> Mais pour aller où...?

Je ne connais personne ici.

Il aura fallu que j'arrive en ville pour me sentir seule.

La solitude, la vraie. Celle qu'on éprouve au milieu des gens.

Seule, au sein de ma propre famille, ce couple qui ne communique pas, cet enfant plus seul que moi encore.

Jamais je n'avais eu cette sensation auparavant...

Le sentiment étrange d'être dans la salle d'attente de ma vie, un endroit vide et triste, avec une lumière jaunâtre et des magazines périmés. Le pire, c'est que je ne sais même pas ce que j'attends...

En fait, les rares instants qui m'arrachent à ce sentiment, ce sont ceux que je passe avec Hugo. Parce que Hugo a besoin de moi.

Lui.

Il est vrai que le petit garçon lui portait une affection démesurée ; il la suivait partout, la câlinait sans cesse, et la serrait dans ses bras comme pour compenser l'absence de ses parents. L'absence physique d'un père, toujours en déplacement. L'absence tout aussi terrible d'une mère, inaccessible et instable.

Héra avait du mal à comprendre ce couple de carton-pâte, deux figurines posées l'une à côté de l'autre. Agathe surtout. Chaque jour elle dormait jusqu'à midi, et aucun bruit n'était toléré. On vivait dans un mausolée. Mais quand elle était debout, c'était pire. Assise sur son canapé, elle scrutait chaque geste de sa nièce, tout en faisant mine d'être occupée à autre chose, et à la moindre erreur, au moindre oubli – une table mal essuyée, un peu d'huile renversée – elle se levait d'un bond et nettoyait sans un mot. Il y avait chez cette femme une aridité vertigineuse. Quelque chose de définitivement cassé.

Une après-midi, Héra avait pourtant tenté un rapprochement. Sa tante n'avait rien avalé de la journée.
— J'ai préparé des sablés, avait-elle dit, en posant une assiette et un verre de lait sur la table du salon.
— Merci, vous êtes adorable.
Agathe avait refermé son livre et attrapé l'un des gâteaux avec une serviette, pour ne pas faire tomber de miettes. Héra s'était assise près d'elle.
— Vous savez, ce n'est pas bon de ne rien manger...
Et comme Agathe avait levé les yeux, Héra avait poursuivi :
— Je veux dire... Tout va bien?
— Très bien merci. Vos sablés sont excellents...
Puis elle s'était replongée dans sa lecture.

Quand Héra lui posait une question, elle répondait toujours comme ça, poliment, sans s'épancher, un sourire figé au coin des lèvres. Sa nièce n'était en somme ni mieux ni moins bien traitée qu'une employée de maison. Mais la politesse confine à l'insulte lorsqu'elle polit même les liens du sang. Pour Héra, rien n'était plus humiliant que ce vouvoiement, cette mise à distance – une étrangère au sein de sa propre famille. Aucune méchanceté n'irriguait les paroles de sa tante. Jamais un mot plus haut que l'autre. Tout était impeccablement lisse. Tout était impeccablement mort.

L'ennui et la solitude eurent tôt fait de miner le moral de la jeune femme. Sur son île, jamais elle ne s'ennuyait. Ici, elle s'agitait toute la semaine, mais débordait d'ennui à chaque instant. Elle s'était fait quelques connaissances depuis son arrivée, pas vraiment des amis.

Alors elle avait pris l'habitude de sortir chaque week-end, son appareil photo en bandoulière. Depuis quelque temps, Héra était intriguée par les amants parisiens, tous ces gens fidèles aux sacro-saints préceptes de «la ville de l'amour».

Dans les rues, elle voyait tant de couples afficher, main dans la main, leur tendre complicité. Elle les voyait accrocher des cadenas plus solides que leur amour aux barrières des ponts, et faire le marché le dimanche matin, avant d'aller communier aux terrasses des cafés dans des brunchs interminables. Elle avait découvert que le summum de la réussite pour ces couples urbains était d'organiser des dîners entre amis. La

formule était simple : ramener sa compagne, ou son compagnon. En l'absence de compagne ou de compagnon, ramener une bouteille de vin. On fait les présentations, et on se plaint ensemble :
　du temps qu'il fait,
　du temps qu'il ne fait pas,
　du chômage,
　des stars retouchées,
　de la télé,
　du président,
　de la Poste,
　des pervenches,
　des manifestants,
　des factures de gaz,
　des vendeurs de roses,
　de la fonte des glaces,
　du prix des cigarettes,
　des impôts,
　des honoraires des médecins,
　des terroristes,
　de la pollution,
sans parler des dentistes et du cancer, parce que c'est quand même incroyable le nombre de gens touchés par cette maladie, même si le vrai problème, hein, le vrai problème, c'est le stress, parce qu'à Paris on est sous pression tu vois. En plus, les gens sont déprimés parce qu'il n'y a pas de soleil en novembre, et ils crèvent tout seuls, parce qu'ici un mariage sur deux se termine en divorce. Tu reprendras bien un petit verre de vin ? Oh mais j'y pense, t'as pas une cigarette plutôt ? On peut fumer dans ton appart ? Oui,

attends on va ouvrir les fenêtres. Il fait SU-PER BEAU. Vingt-deux degrés toute la semaine. Pourtant on est en novembre! Ouais, c'est vraiment la merde le réchauffement climatique. Et de toute façon, je vais vous dire : «Y a plus de saisons.»

Elle écoutait les conversations des parents à la sortie de l'école, les bavardages dans les cafés, ahurie par tant de vacuité. Le spectacle de la vie parisienne l'agaçait autant qu'il l'amusait. Dès que sa tante la laissait respirer, elle se promenait dans son quartier, pour capturer des tranches de vie.

V

En l'espace de deux mois, Héra avait constitué un premier album photo de Paris. Elle avait dans l'idée de réaliser une série photographique, un grand projet qui lui permettrait – qui sait? – de vivre de son art. Pour apaiser ses angoisses, elle n'avait pas trouvé de meilleure solution; et, de toute façon, elle ne savait rien faire d'autre. N'ayant aucun thème précis, elle photographiait ce qui lui passait sous les yeux. Y compris les choses les plus ordinaires. Le couple de pharmaciens, dans leur officine aux amphores centenaires. Les amoureux, à l'entrée des cinémas. Et les pigeons gris, qui avaient remplacé les paons, majestueux et fiers.

Mais ce qu'elle préférait, c'était photographier son oncle et sa tante, en cachette. Lui, toujours très élégant, avec ses chemises bien repassées aux manches retroussées, tourne en rond dans l'appartement. Il sort, il rentre. Il vide ses poches dans l'entrée. Quelques billets, beaucoup de pièces, beaucoup de clés. Beaucoup trop de clés. Personne ne sait exactement à quoi elles servent toutes ; lui-même ne le sait pas, mais il les garde quand même. Il vient s'asseoir ensuite sur le canapé du salon, et fait une ou deux plaisanteries à sa femme. Puis se lève, extrait une cigarette de son étui à cigarettes, et se met à la fenêtre. Il regarde le boulevard qui fuit vers l'horizon. Agathe, toujours immobile, lit son livre.

Tous deux ressemblent aux personnages des tableaux d'Edward Hopper. Surtout elle. Incompréhensible, froide, solitaire. Toute petite dans ce grand appartement qui a toujours l'air d'être vide. Héra songe à une toile en particulier : « Hotel by a Railroad ». On y voit une femme d'âge mur absorbée par sa lecture, assise dans un coin de la pièce, et un homme dégarni qui observe la voie ferrée. Hopper avait écrit, au sujet de ce tableau : « La femme ferait mieux de regarder son mari, et les rails sous la fenêtre. » Héra pense exactement la même chose de sa tante.

VI

Les Duchaussoy ne fréquentaient presque plus personne depuis des années. Leur vie ressemblait à celle des autres habitants du quartier. Routinière, sans enthousiasme, ni difficultés.

Et pourtant, Héra dormait mal. Elle était travaillée par un sentiment d'intranquillité. C'était comme si son cerveau se trouvait embrumé par l'accumulation de petites contrariétés, sans qu'aucune n'ait plus d'importance que les autres. Sans doute chacune en soi n'était qu'un détail. Mais leur conjonction formait un cocktail pernicieux, qui la rongeait de l'intérieur.

Elle avait remarqué que le comportement de sa tante, ses gestes lents, son attitude impassible, contrastaient avec la dureté de son regard. Agathe lui faisait peur. Parfois, elle se levait au milieu de la nuit et se mettait à coudre. Le bruit saccadé de la machine à coudre résonnait dans l'obscurité. Ce n'était presque rien, un bruit dans la nuit, mais Héra n'arrivait pas à se rendormir. Et ce bruit anodin resterait associé à l'atmosphère délétère de l'appartement.

Elle avait remarqué aussi que les Duchaussoy soignaient leur image de couple modèle.
Ils se disaient «bonjour» et «merci», «s'il te plaît», et réservaient leurs vacances six mois à l'avance. Ils parlaient à voix basse, et ne criaient jamais. Ce couple, c'était une mer d'huile.
Mais Héra avait retenu le conseil de son père : jamais il ne faut tant se méfier de la mer que lorsqu'elle est étale.

VII

Ce jour-là, Héra avait emmené Hugo au jardin du Luxembourg. Elle essayait de lui faire faire des activités le mercredi après-midi, car sinon, personne ne s'occupait de lui.

Hugo avait décoré un voilier miniature que son père lui avait offert quand il avait cinq ans ; c'était une réplique de l'*Hermione*, la frégate du marquis de La Fayette. Il y avait ajouté vingt-six canons miniatures, qu'il avait modelés lui-même, ainsi qu'une voile en lin, découpée dans une vieille écharpe. Son bateau, il aimait le laisser voguer sur le bassin central, au milieu des autres. Assis sur le bord de la fontaine, il posait de nombreuses questions à sa cousine : « Toi aussi, tu as pris un bateau pour venir ? Il était comment ? » Héra lui répondait patiemment, et lui racontait des histoires de voyage. Elle lui racontait son île, et les jeux qu'elle faisait quand elle avait son âge. Elle lui racontait la sensation des cailloux sous ses pieds, le soleil d'été qu'elle essayait de regarder en face, par défi ou par jeu, la couleur des oliviers et leur tronc noueux, crevassé, comme la peau d'une vieille dame. Elle lui racontait le rire de son père, les expressions de son visage, qui n'étaient qu'à lui... ces petits riens auxquels on ne prête pas attention quand on est gamin et qui bien plus tard, lorsqu'on croise un inconnu qui porte un certain parfum, ou reproduit un geste familier, provoquent chez nous une tristesse infinie. Elle lui racontait les paons, la beauté, la contemplation.

Hugo l'écoutait, suspendu à ses lèvres.
Puis ils allèrent boire un chocolat chaud au Rostand, avec de la crème chantilly pour lui. Et il mangea la crème en regardant sa cousine, sans dire un mot, tant il était heureux.

VIII

Au bas de la rue des Carmes, la pharmacie du quartier.

M. Henri est chauve, sec, avec un visage émacié, et une blouse d'un blanc immaculé. Derrière son comptoir, des médicaments sans ordonnance, des semelles orthopédiques, et des médailles de marathonien enroulées autour de vieux pots.

Son point faible : les femmes. Les petites, les grandes, les vieilles, les jeunes, il les aime toutes. Sauf les grosses, car elles lui rappellent sa femme.

Quand une cliente entre dans sa boutique, il s'arrange toujours pour lui raconter en combien de temps il a couru les quarante-deux kilomètres du marathon de Paris : « 3 heures, 27 minutes, 46 secondes. Et je ne suis plus tout jeune. » Il laisse alors un silence, en espérant qu'elle lui demandera son âge. Puis lui propose une pastille à la menthe :

— Cinquante-sept ans ? Vous les faites pas !

— On me le dit souvent oui. Pastille à la menthe ?

Mme Henri, elle, est d'une jalousie maladive.

Quand une femme se présente à l'officine, elle regarde comment son mari la regarde, sans dire un mot. Elle emmagasine, enregistre tout, et attend la fermeture de la boutique pour le couvrir de reproches.

Mme Henri s'était ainsi persuadée qu'Agathe Duchaussoy avait des vues sur son mari... car cette dernière venait très souvent – plusieurs fois par mois – à la pharmacie. Lui savait que c'était moins pour ses beaux yeux que pour les doses d'homéopathie que consommait massivement cette hypocondriaque patentée, mais il prenait plaisir à laisser planer le doute dans l'esprit de son épouse. Il lui répétait : « Tu vois, Martine, si t'étais comme elle... tu passerais moins de temps dans la remise. T'en as pas marre de faire l'inventaire ? T'as pas envie de servir les clients ? » Puis il lui arrachait des mains son sachet de bonbons au miel : « Alors arrête de bouffer. »

Quand elle vit Héra pour la première fois, la pharmacienne mit un point d'honneur à la servir elle-même. Et toutes les autres fois aussi. Mais M. Henri, s'étant aperçu du manège, jetait à la jeune femme des regards plus appuyés, et lui glissait toujours, au moment de payer : « Une pastille à la menthe ? »

Plus tard, c'est lui qui insista pour qu'elle les photographie, devant la pharmacie – avec ses médailles.

IX

M. Henri n'était pas le seul à regarder Héra.
Il y avait aussi cet homme, tapi dans l'ombre d'une boutique, qui la guettait depuis son arrivée.
Il savait que leurs chemins allaient bientôt se croiser.
C'était écrit.

X

Ce premier décembre, il avait neigé toute la journée. Paris était couverte d'une fine pellicule argentée, et le Samu était débordé car les gens se cassaient les os sur le bitume-patinoire. Pendant ce temps, dans la chaleur de l'appartement familial, Héra et Hugo préparaient une spécialité de Croatie, une bajadera au nougat, pour la fête de l'école. Agathe, elle, lisait près de la fausse cheminée et du sapin en plastique, parce que « c'est plus propre qu'une vraie cheminée et qu'un vrai sapin, avec les cendres, les aiguilles et tout le reste ». Héra n'avait rien dit, habituée aux remarques hygiénistes de sa tante.

— On y va? dit Hugo à sa mère.

— Mon chéri, pardonne-moi mais je suis fatiguée. Demande à ta cousine plutôt.

Et la regardant par-dessus ses lunettes :

— Vous allez avec lui, n'est-ce pas?

— Ce n'était pas prévu... et d'ailleurs, je ne peux pas, j'ai un cours de danse dans une heure.

Héra avait parlé avec aplomb. Pour une fois, elle ne se laisserait pas faire.

— Vous «dansez»? Mais dites-moi, vous êtes devenue une vraie petite Parisienne! railla la tante.

— Ça fait deux mois que je suis là, et je ne connais presque personne alors j'ai pensé que… et puis j'ai réservé ce cours depuis longtemps…

Héra se mordillait les cuticules autour des ongles. Agathe se pencha vers Hugo :

— Mon chéri, tu as entendu, ta cousine est trop occupée pour t'accompagner. Mais ça ne fait rien, on va rester à la maison tranquillement tous les deux, n'est-ce pas?

— Mais moi je veux y aller! On a préparé un gâteau, j'ai mis mon bonnet, mes chaussures… S'il te plaît Héra, viens! supplia l'enfant.

Alors, d'un coup d'un seul, ce fut une tempête tropicale de larmes.

— Très bien. Hugo, calme-toi. Je vais venir, le rassura sa cousine.

Elle lança un regard noir à sa tante, prit l'enfant d'une main, le gâteau dans l'autre, et se rendit à l'école, d'un pas botté et décidé.

Il faisait déjà nuit dehors. Les illuminations de Noël éclairaient le ciel réglisse. À seulement quelques mètres de l'appartement, l'école primaire. En chemin, Héra s'arrêtait devant chaque vitrine allumée. Le pâtissier avait réalisé un immense traîneau en chocolat, sur lequel trônait un Père Noël en pâte d'amande.

Quelques guirlandes lumineuses sur les devantures des commerces, une odeur de vin chaud et de cannelle, les claques d'un vent sec sur les joues. Elle eut une pensée pour son père, bien vite chassée par la main d'Hugo qui lui tirait la manche : « Grouille-toi, on va être en retard. »

Devant l'école, un homme d'une trentaine d'années, courtisé par deux mères de famille. L'une se passait les doigts dans les cheveux, l'autre riait très fort sous sa chapka, tandis que leurs enfants respectifs se chamaillaient pour un morceau de gâteau. L'homme aperçut Héra, et mit fin poliment, mais sèchement, à la conversation.
— Héra, je présume ?
— ...
Hugo lui coupa la parole :
— Oui, c'est elle !
— Ah... Heureux de vous rencontrer enfin... Il faudra que l'on discute tout à l'heure, au sujet d'Hugo.

Et comme il avait lu de l'inquiétude dans son regard, il s'empressa d'ajouter :
— Rien de grave, rassurez-vous.
Il disparut aussi vite qu'il était apparu.
— C'était qui ? demanda-t-elle.
— Gabriel, mon maître d'école.

L'enfant embrassa sa cousine et partit s'amuser avec ses camarades, sous le préau éclairé de guirlandes lumineuses. Héra, assise sur un banc dans la cour, le surveillait de loin. Elle regardait les parents aussi, venus accompagner leurs enfants, notamment un jeune couple, avec cette fillette brune qui lui ressemblait un peu. La petite fille posa une question, mais Héra ne put entendre que la réponse de la mère : «Tu comprendras plus tard.» C'était une famille de trois, comme la sienne, à l'époque. Elle les observa longuement, et plus elle les observait, plus les souvenirs remontaient. C'étaient ses parents qu'elle voyait et c'était elle qu'on enveloppait d'amour. Les cris d'enfants ne lui parvenaient plus que de loin, comme derrière une vitre épaisse. Et le soleil s'était levé en pleine nuit, car ce n'était plus Paris, mais une île sans hiver.

Quand elle était petite, Héra répétait souvent : «On est tous les trois», et Adonis lui répondait «On sera toujours tous les trois, ma fille», en regardant la mer. Adonis avait parfois un regard absent, ses yeux bleus se confondaient avec l'horizon, et Héra ne comprenait pas cette mélancolie soudaine. Alors elle se tournait vers sa mère et lui demandait : «Pourquoi papa il a l'air triste, alors qu'on est heureux?» Juliette serrait sa fille contre sa poitrine et respirait ses cheveux de bébé : «Tu comprendras plus tard.» Héra se souvint s'être longtemps demandé quel mystère pouvait bien renfermer ce regard. Elle ignorait que le bonheur pouvait faire verser des larmes à ceux qui savent qu'il est éphémère.

Cette fin d'après-midi-là, Héra repensa, le cœur serré, à cette journée en famille, cette balade en barque dans les grottes de Dubrovnik, et à la soirée qui avait suivi. Elle revoyait son père aux cheveux gris danser avec sa mère au milieu du salon. Ses parents, collés l'un contre l'autre, comme s'ils étaient seuls; et pourtant, elle était là, petite fille cachée derrière la porte, l'œil indiscret. Elle voyait ses parents, la tête de Juliette contre l'épaule d'Adonis, dont les pantoufles frottaient le parquet à chaque pas, et elle sentait encore l'odeur du feu de cheminée, imprégné des effluves de châtaignes qu'ils avaient fait griller au dîner, et elle entendait encore la *Valse en si mineur* de Schubert, jouée tout bas pour ne pas la réveiller. Sa mère s'abandonnait dans les bras de son père, dans ce moment qui était à eux, rien qu'à eux... Et Héra se dit qu'elle avait de la chance d'avoir vu l'amour de ses yeux, cette danse maladroite, mais si intense, si pleinement vécue qu'elle concentrait à elle seule l'univers tout entier.

«Tu comprendras plus tard»: sa mère avait prononcé ces mots. Héra sut à l'âge de huit ans ce que «plus tard» voulait dire. Ils étaient trois. Ils ne furent plus que deux.

Sur les coups de vingt et une heures, Héra commençait à rassembler les affaires d'Hugo quand le maître d'école fonça droit sur elle.
— Madame?
— Mademoiselle, pas madame, je vous prie.
Il lui adressa un sourire, et vint s'asseoir à ses côtés. Il avait le visage clair de ces éternels

optimistes, qui semblaient n'avoir jamais connu ni chagrin ni peine.

— Vous êtes à Paris depuis longtemps ?
— Deux mois, un peu plus, répondit Héra.
— Vous venez d'où ?
— L'île des paons. En Croatie.
— C'est joli. Je suppose que vous ne connaissez personne ici. C'est pas facile de se faire des amis dans cette ville... et je sais de quoi je parle. Moi aussi je viens d'une île, je suis corse.
— Pourtant, c'est la France...

Gabriel éclata de rire.

— Vaste sujet... Nous, les insulaires, on est un peu sauvages. Mon île me manque parfois.
— Et moi, ce qui me manque le plus, c'est...
— Les oiseaux, répondit-il du tac au tac.
— C'est ça ! Les oiseaux ! Ici, on ne les entend presque pas.

Elle le regarda, amusée.

— Et pour Hugo alors ? Que se passe-t-il ?
— Ses notes ont beaucoup baissé.
— Il travaille pourtant, objecta Héra.
— C'est un garçon appliqué, oui.
— Alors quoi ?

Héra commençait à s'impatienter :

— C'est quoi le problème ?
— Je ne sais pas... Il plisse les yeux. Faudrait consulter un spécialiste, je pense. Rapidement, ce serait mieux. L'opticien du quartier peut dépanner, il a un diplôme d'ophtalmologie. Je vais lui en parler...
— Merci.

— Ne me remerciez pas. Vous verrez, il est un peu spécial lui aussi.

Il posa sa main sur l'épaule d'Héra, et disparut une fois de plus. Elle resta quelques minutes immobile, sonnée par cette rencontre.

XI

Tous ses moments de liberté, Héra les consacrait à la photographie.

C'était une échappatoire à l'ennui et à l'anxiété. Chacun de ses jours de repos se transformait en une grande session de travail photographique, et elle se rendait à des expositions, analysait ses tirages un à un, ou expérimentait de nouvelles façons de faire. Elle avait même inventé une technique, qu'elle nommait «focalisation». Elle s'asseyait sur un banc, et attendait en silence parfois trois ou quatre heures qu'une image vienne à elle. Rester concentrée, se fondre dans le paysage, sans faire de bruit. La photographie comme art de la chasse : on guette la bête qui s'approche, imprudente, et on appuie sur la détente. Héra avait ainsi capturé un jour la plus belle paire de jambes de Paris : celle d'une jeune étudiante en médecine.

Toute l'après-midi, elle avait attendu à l'extérieur de la faculté que les cours se terminent, en s'abritant sous un porche. Au début, elle pensait seulement photographier les étudiants à la sortie. En contre-plongée, pour accentuer la grandeur à venir de ces jeunes hommes et jeunes femmes, qui seraient bientôt «de grands médecins». Elle s'était assise sur le trottoir, et avait observé pendant plusieurs heures la façade de l'université Paris-Descartes.

Les colonnes de marbre clair, dans un style antique, semblaient avoir été taillées dans la même carrière que celle du Panthéon. Une symétrie parfaite dans l'architecture, avec une porte en bronze bien au centre ; l'édifice en sable clair, avec sa colonnade, son fronton sous portique, était un temple du savoir. Ne devaient en sortir que des gens bien peignés, qui survoleraient les dalles de pierre gris et beige, comme ils survoleraient l'existence : sans difficulté.

En partie cachée derrière un muret en béton, Héra rêvassait à cette perfection quand elle fut éclaboussée : un étudiant aux cheveux hirsutes venait de sauter dans une flaque d'eau ; les cours étaient enfin terminés. Son pantalon était couvert de boue, mais elle n'eut pas le temps de râler : l'étudiant était déjà loin. C'est alors qu'elle aperçut un couple éviter la même flaque, en se contorsionnant pour ne pas salir ses chaussures. Dans l'eau se reflétait un réverbère. Elle s'allongea sur le trottoir, et posa son appareil au niveau du sol : ne restait plus qu'à attendre qu'il se passe quelque chose. Héra devenait une dalle parmi les dalles qui pavaient le sol, elle devenait invisible, transparente, l'œil collé à son objectif.

Une jeune fille apparut. Elle avait de longues jambes fuselées, et portait des chaussures à talons carrés qui donnaient un galbe encore plus harmonieux à ses mollets. Une jupe en daim, qui lui arrivait au-dessus du genou. Et elle avançait, hésitante. « Vas-y, pensait Héra. Vas-y, saute. » Elle retenait son souffle : le moindre mouvement pourrait faire fuir la proie. L'étudiante en médecine avança, puis recula. Elle avait envie de le faire, le grand saut, mais sans doute trouvait-elle cela un peu ridicule ; elle jeta un regard à droite et à gauche, et, quand elle fut assurée que personne ne l'observait, enjamba la flaque d'un saut léger et gracieux. Héra se redressa : elle l'avait eue. Elle avait capturé le saut dans le vide, cet élan euphorique qui succède à l'hésitation. Elle avait capturé un rêve surréaliste : une enjambée au-dessus d'un réverbère.

Il était déjà dix-sept heures. La nuit commençait à tomber. Héra rassembla ses affaires. Sur le chemin du retour, elle aperçut Gabriel au téléphone devant l'école. Il avait l'air en grande discussion. « Sans doute avec une femme », songea-t-elle. Et elle s'approchait, pour entendre des bribes de conversation.

Lui répétait : « Qu'est-ce que tu fais ce soir ? Je ne t'entends pas, qu'est-ce que tu fais ce soir ? Très bien, tu m'accompagnes ? Je t'envoie l'adresse. » Héra regardait ses mains, et se perdait en pensées absurdes. Parfois les hommes mariés ne portent pas leur alliance, était-ce son cas ?

C'est alors qu'il se tourna vers elle, et la salua d'un signe de tête. Elle baissa les yeux d'un coup, craignant que son regard ne trahisse ses pensées, et poursuivit sa route.

XII

Toute la nuit, Héra songea au maître d'école. Certains soirs, elle s'inventait des scénarios, des histoires. Laissait son esprit voyager. Et c'est ainsi que Gabriel hantait ses pensées. Si les gens lui étaient d'habitude indifférents, lorsqu'elle l'avait rencontré, lui, elle l'avait enveloppé de fantasmes. Gabriel dégageait une certaine étrangeté, au sens où il semblait « étranger » lui aussi à cette ville. Héra avait senti ce décalage, et ça l'intriguait. Peut-être aussi qu'il lui plaisait un peu, avec ses cheveux bouclés, d'un noir très intense... et ses mains... elle repensait sans cesse à ses mains. Comme elle se tournait et se retournait dans son lit, elle se dit qu'elle avait sans doute été trop dure avec lui, trop sèche... et soudain, elle se sentit honteuse. Elle transpirait, alors elle éteignit son chauffage d'appoint et se rendit dans la salle d'eau pour y prendre une douche froide. La salle de bains était son endroit préféré, parce qu'il y avait une baie vitrée qui laissait entrer la lumière le matin. C'était la pièce la plus ensoleillée. « Mal fichue, disait Agathe, qui ne comprenait pas qu'on puisse installer une fenêtre de cette taille dans une salle de bains. Je vous recommande de fermer les rideaux quand vous vous douchez. À moins que vous ne souhaitiez exciter tout le quartier. »

Les fenêtres donnaient sur un hôtel moyen, tenu par une vieille dame un peu folle. Parfois, Héra la voyait danser dans les étages. D'autres fois, elle la surprenait en train de chasser à coups de bottes un client trop bruyant. Il se passait toujours quelque chose dans l'hôtel d'en face. Ce soir-là, il faisait tellement sombre qu'Héra ne craignait pas d'être vue. Pas la peine de tirer le rideau. Et tandis qu'elle pensait à Gabriel, encore et encore, elle tentait de distinguer dans l'obscurité, par les fenêtres noires de l'hôtel, les silhouettes des clients endormis.

Le lundi, Héra se réveilla de bonne heure. Elle voulait avoir le temps de se préparer. Dans l'un des placards de sa chambre, elle avait repéré des vêtements que sa tante entassait là depuis des années ; des pièces quasi neuves, dont elle avait désormais bien l'intention de profiter.

Elle enfila une longue jupe écrue, et un col roulé en cachemire gris. Des escarpins beiges. Elle dénoua son chignon, et glissa une barrette dans sa longue chevelure.

Hugo vint toquer à sa porte pour la réveiller, comme chaque matin. Quand elle lui ouvrit, il fut stupéfait :

— C'est ton anniversaire ? lui demanda-t-il, les yeux écarquillés.

— Non mon cœur…

— T'as trouvé du travail ?

— Non plus !

— Je sais… T'es amoureuse…

Il baissa la tête, l'air triste.

— Mais non. J'avais juste envie d'être présentable pour t'accompagner à l'école… Tu aimes ?

Hugo lui répondit par un sourire émerveillé.

À l'école, Héra ne s'arrêta pas devant la grille comme elle le faisait habituellement. Cette fois, elle entra dans la cour et Hugo lui serra la main plus fort. Il était fier de montrer sa cousine à ses camarades. Dans le couloir, il ralentit, pour que tout le monde les voie ensemble – surtout les filles de CM2. Quand il arriva devant sa classe, il la présenta à tous ses amis.

— C'est vrai que vous venez du pays des paons ? lui lança un petit garçon avec des taches de rousseur.

Héra s'agenouillait pour lui répondre, quand elle vit une main se poser sur la tête de l'enfant. Une main qu'elle reconnut instantanément.

— Monsieur…

— Gabriel, je vous prie. Les enfants, allez vous asseoir.

En chuchotant, tous rejoignirent leur place, sans quitter des yeux Héra et le maître d'école.

— L'opticien des Carmes est d'accord pour vous recevoir cette semaine. Passez quand vous voulez.

— Merci, mais...
— Mais?
— Je ne suis pas venue pour ça.

Il ferma la porte, pour qu'aucune oreille indiscrète ne puisse écouter leur conversation.

— Je voulais m'excuser pour mon mauvais caractère de la dernière fois. J'ai été un peu... comment dire... abrupte, voilà, et ça ne me ressemble pas.

Gabriel éclata de rire.

— Vous voulez donc vous faire pardonner. C'est une très bonne idée, vraiment excellente. Tenez, que diriez-vous d'aller dîner... disons, samedi soir?

— C'est-à-dire que...

— Parfait! Rendez-vous à vingt heures trente donc, au Petit Palais. À samedi!

La porte de la classe se referma sur elle.

XIII

Le restaurant portait bien son nom : c'était un palais des *Mille et Une Nuits*. Héra était arrivée la première et s'était installée derrière un moucharabieh. À travers le treillis de ces fenêtres ajourées, elle pouvait voir la rue sans être vue. Ses yeux noircis au khôl guettaient l'arrivée de Gabriel. Elle s'était maquillée pour l'occasion, ce qui avait fait dire à Hugo : « Comme tu es laide quand tu te fais belle ! » Il ne voulait pas que sa cousine sorte sans lui, d'autant que, ce soir-là, il devait rester seul avec sa mère – son père avait prévenu qu'il rentrerait tard. Il pleuvait, alors elle avait commandé un taxi et filé discrètement avant qu'Agathe ne la retienne une nouvelle fois. Cette soirée, c'était une bouffée d'air frais dans sa vie de jeune esclave consentante. Elle avait trouvé l'invitation un peu surprenante d'abord, puis s'était laissé tenter, poussée par la curiosité. Dans sa robe en soie bleue, elle se fondait dans le décor d'arabesques et de mosaïques ; l'odeur du cumin parfumait la salle ; quelques bougies sur les tables éclairaient les plats à tajine en terre cuite, apportés par une serveuse au ventre nu. Les minutes passaient. Dix, puis vingt. Au moment où elle s'apprêtait à partir, quelqu'un se mit à courir en direction du restaurant. La porte s'ouvrit en grand et Gabriel entra, complètement trempé. À la guitare, un musicien jouait *Souvenirs de l'Alhambra*, des trémolos dans les doigts. Héra se leva.

— Je suis désolé, je suis en retard. Sacha n'a pas pu se libérer plus tôt, et je n'avais pas votre numéro, répondit le maître d'école.

Héra allait demander qui était «Sacha», quand elle aperçut un jeune homme derrière lui. Le fameux «Sacha».

— Une table pour trois alors, s'excusa Héra, un peu gênée d'avoir cru à un rendez-vous galant.

L'invité surprise, vingt-cinq ans à peine, était d'une maigreur d'adolescent. Il la salua poliment, et se mura ensuite dans le silence toute la soirée, grignotant comme un petit rongeur ses feuilles de brick. Gabriel, lui, était d'excellente humeur. Il proposa à Héra qu'ils se tutoient, et la taquinait déjà comme un vieil ami. Il demanda la carte des vins.

— C'est une provocation? lança-t-elle.

— Pas ici non, je connais le patron. D'ailleurs, tu sais, selon les interprétations le vin n'est pas toujours interdit par l'islam. Pour preuve, ce texte ancien sur l'éloge du vin : «Nous avons bu à la mémoire du bien-aimé un vin qui nous a enivrés avant la création de la vigne.»

— Quelle culture ! Tu m'épates.
— Tu te moques, mais j'ai étudié la théologie à l'université de Rome, après mon agrégation.

Héra crut un instant à une plaisanterie, mais il avait l'air sérieux.

— Et tu enseignes dans une école primaire ? Tu n'es pas frustré ? Moi, si j'avais étudié la théologie, la philosophie, ou que sais-je encore, j'aurais eu envie d'être...
— D'être quoi ?

Elle prit un temps de réflexion, ferma les yeux, et les rouvrit d'un coup en s'exclamant :
— Archevêque !

Il éclata de rire.

— Parce que tu es très ambitieuse... mais détrompe-toi : donner envie d'apprendre à un enfant, maintenir l'éveil, le désir, et le jeu, répondre à chaque question avec patience, partager son amour des livres, susciter de nouvelles curiosités pour les plantes ou le Système solaire, ouvrir des fenêtres dans les esprits, afin qu'ils ne soient pas trop étriqués... Cet objectif est le plus ambitieux de tous : les maîtres d'école nous marquent toute une vie. Le plus dur, c'est encore de s'en montrer digne...

Gabriel avait commandé une bouteille de romanée-saint-vivant, et Héra se sentait de plus en plus détendue au fur et à mesure des verres. Terminées, les heures passées sous la douche mal fichue. Terminées, les soirées lugubres en compagnie d'Agathe. Gabriel était beaucoup plus drôle que tous les gens austères qu'elle avait côtoyés jusqu'alors.

— Ça ne te manque pas, l'île des paons?

— Parfois, mes rêves m'y transportent, et anesthésient un peu la nostalgie. Mon père est resté là-bas, lui... il pense que je suis mieux ici.

— Pourquoi?

— C'est une longue histoire. Mais assez parlé de moi. Tu retournes en Corse, toi?

— Oui bien sûr. J'y vais tous les étés depuis que je suis haut comme ça.

— Tout seul?

La réflexion d'Héra le troubla d'un coup. Et pour la première fois, sa voix se fit hésitante.

— Pas tout l'été non. L'été dernier j'étais avec... J'étais avec Sacha justement.

Sacha avala de travers un grain de grenade. Il prit son manteau et quitta la table.

— Qu'est-ce qu'il a? s'inquiéta Héra.

— Pas grand-chose.

Gabriel jouait avec les pétales de jasmin parsemés sur la table.

— C'est qui ce type?

— Personne... Il faut bien que le temps passe...

— Et moi? C'est pour passer le temps?

— Toi, c'est différent. Enfin, nous verrons... Les amitiés naissantes renferment des mystères bien plus grands que ceux de l'amour.

Il prit la main d'Héra, et la lui caressa doucement. Elle rougit et sentit un frisson lui parcourir le corps. Ce léger chatouillement de sa main par une main étrangère, douce et désintéressée, lui avait rappelé les gestes d'un autre homme. Un père, qu'elle avait parfois le sentiment d'oublier.

À cet instant précis, Héra se surprit à espérer, elle aussi, une vie ponctuée de dîners entre amis.

HIVER

I

Parmi toutes les boutiques de la rue des Carmes, il y en a une plus ancienne que les autres. C'est un monde en soi, un petit coin de temps perdu. Au numéro 76, un homme taille, polit, ajuste du matin au soir et du soir au matin. Sous ses lunettes ovales, deux yeux ronds et brillants. Jamais il ne quitte son nid, sinon pour s'acheter un sandwich, toujours le même, à la boulangerie. Le reste du temps, calfeutré dans sa cage de verre, il observe l'agitation du monde avec l'acuité d'un rapace.

Ça a commencé comme ça.

Un matin, il remarque une jeune femme qu'il n'a encore jamais vue dans ce quartier. Il la reconnaît... C'est elle, il en est sûr.

Elle attend sous un marronnier, et tient à bout de bras une valise. Ce jour-là, il la suit du regard jusqu'à chez elle. La semaine suivante, il la croise à l'arrêt de bus, non loin de sa boutique. Avec le temps, l'opticien comprend que tous les lundis, à heure fixe, elle attendrait là, à cet endroit précis. Alors chaque semaine, il guette. Grâce au miroir installé face à son bureau, il peut surveiller l'autre côté de la rue. Même pas besoin de tourner la tête.

Mais aujourd'hui, la belle a décidé de traverser la route enneigée. Emmitouflée dans un manteau d'hiver, elle franchit ligne à ligne le passage pour piétons, et fonce droit sur lui, accompagnée d'un enfant.

L'observateur n'en croit pas ses yeux – « Dieu soit loué, tout se passe comme prévu », murmure-t-il. Il se précipite pour lui ouvrir la porte, coincée par la neige.

Héra sent une main froide et molle serrer la sienne. L'homme porte une chemise grise trop grande pour lui, boutonnée jusqu'au dernier bouton. Son âge ? Impossible à déterminer. Ses épaules frêles, courbées sous son crâne dégarni, lui donnent des allures de vieil homme rabougri tandis que de son visage émane une candeur juvénile. Mais dans son regard, une lueur mystérieuse irradie. Sans suffire à le rendre séduisant, ce regard profond et pénétrant semble toutefois transpercer l'âme de ceux qui le croisent.

M. Quentin est opticien.

Il vit au milieu de ses instruments, à la manière d'un collectionneur dans un cabinet de curiosités. Lunettes de vue, de soleil, de laboratoire.

Toutes formes, toutes marques, toutes couleurs. Un escabeau en bois, comme dans les anciennes bibliothèques, pour pouvoir se saisir des paires en hauteur. Dehors, de gros flocons blancs tombent au ralenti.

Hugo parcourt d'un œil curieux chaque recoin de la boutique. Sur le bureau en bois de merisier, des instruments d'optique d'un autre âge. Des lunettes en écaille de tortue, un monocle plaqué or, des binocles à chaînette, et autres vieilleries. Une loupe. Un bâton, que l'opticien saisit d'un geste ferme.

Le regard du petit garçon se pose sur l'homme, puis sur sa cousine, qui observe le lunetier avec méfiance. Il ne lui inspire rien de bon, elle pense une seconde à sortir de la boutique… avant de se raviser. Hugo a besoin de lunettes.

— Alors jeune homme, qu'est-ce qui t'amène ? questionne l'opticien.
— On m'a obligé, répond l'enfant boudeur. J'veux pas de lunettes, moi !
— Mais peut-être que tu en as besoin. Voyons voir. Installe-toi là, non ici, sur le tabouret. On va commencer par un test très simple. Lis-moi ça, dans l'ordre.

M. Quentin tape sur chacune des lettres disposées le long de l'échelle murale. Il commence par les grosses, capitales, et descend doucement jusqu'aux toutes petites, réservées aux yeux de pilotes ou de chirurgiens.

Les examens se succèdent. L'enfant s'en amuse : ce n'est pas si terrible, somme toute. Il s'avère qu'Hugo est légèrement myope. De temps à autre, l'opticien jette un coup d'œil à la jeune femme. Elle le sent, et détourne la tête. Elle fait semblant de s'intéresser aux montures, pour ne pas avoir à croiser son regard. «Un vieux garçon, pense-t-elle. Il ne doit pas fréquenter tellement de femmes, pour me reluquer comme ça.»

II

Trois heures du matin

— C'est toujours d'accord?
— Je n'ai qu'une parole, Gabriel. Merci d'avoir tenu ta promesse, répond l'opticien.
— Alors? Tu la trouves comment?
— Parfaite.

Édouard Quentin récupère une clé en fer dans le premier tiroir de son bureau, et la donne au maître d'école.

— Voilà, elle est à toi.

Les deux hommes se serrent la main.

III

Plus les semaines passaient, plus les relations entre Héra et sa tante se détérioraient. Agathe semblait prendre un malin plaisir à humilier sa nièce dès qu'elle le pouvait. On aurait dit une chatte qui titillait de la patte une souris, et jouait avec jusqu'à l'épuisement.

Un soir de décembre, les Duchaussoy avaient invité des amis à dîner. Le couple était arrivé vers vingt heures quinze, avec une bouteille de vin et un bouquet de fleurs. Une autre famille modèle, mari professeur de philosophie à la Sorbonne, femme au foyer, trois enfants, dont un bébé «en cours», comme on dit. Agathe avait enfilé une robe longue, aux manches bouffantes, et Laurent un pantalon de costume avec une chemise blanche. Pas de fantaisie vestimentaire, jamais. Leurs amis étaient donc arrivés avec quinze minutes de retard, soit juste le temps qu'il faut pour ne pas être à l'heure, ce qui serait affreusement impoli. À table, il s'agissait de parler essentiellement des prouesses scolaires des enfants. Après quelques verres, au moment du fromage, le mari philosophe s'était laissé aller à quelques citations : «Comme disait Churchill, après la guerre deux choix s'offraient à moi : finir ma vie comme député ou la finir comme alcoolique. Je remercie Dieu d'avoir si bien guidé mon choix : je ne suis plus député!» Et là, tout le monde avait éclaté de rire. Héra, quant à elle, assurait le service, entre la cuisine et la salle à manger. Et chacun la remerciait poliment lorsqu'elle posait les plats, même Agathe, qui avait sorti son masque de circonstance. Puis tout ce petit monde était passé au salon pour le café.

Agathe avait alors sorti une boîte de chocolats qu'elle gardait dans un placard fermé à clé. Elle avait attendu que tout le monde soit servi, que tout le monde ait fini son chocolat, et elle lui avait finalement tendu un praliné recouvert de poudre d'or : «Tenez, goûtez-en un.» La jeune femme avait senti tous les regards se poser sur elle, comme sur un chien à qui on jette un os, en espérant qu'il remue la queue.

D'un coup, elle eut envie de lui jeter le chocolat au visage, mais au lieu de ça, elle le prit sans rien dire, et le porta à la bouche. «Elle est tellement mignonne», commenta la femme du couple d'amis. Héra remercia poliment, mais recracha le praliné dans la poubelle de la cuisine. Elle cracha jusqu'à se faire vomir, jusqu'à ne plus sentir le goût du cacao dans sa gorge. Lorsqu'elle revint au salon, ses yeux étaient rouges. Agathe s'en aperçut mais ne fit rien. Elle l'ignora simplement, comme toujours.

Cette nuit-là, Héra nettoya l'appartement jusque tard, car elle ne parvenait pas à trouver le sommeil. Les pensées se bousculaient dans sa tête, mélange de révolte et de colère, car elle s'était sentie humiliée. Sa vie semblait lui glisser entre les doigts, sans qu'elle ne puisse rien faire.

Alors elle retourna dans sa chambre, et prit son journal intime dans le tiroir de sa table de chevet. Elle se souvenait de ce que lui avait dit son père : écrire, c'est résister un peu. Et elle écrivit :

J'envie les esclaves nés esclaves.
J'envie les animaux nés en captivité.
Car ceux qui n'ont connu que les chaînes
Ne songeront jamais à la liberté.

Dans ces moments-là, quand elle se sentait trop angoissée pour dormir, elle repensait à son île, et cela l'apaisait. Elle s'allongeait sur son lit, et fermait les yeux jusqu'à sombrer dans un état proche de l'hypnose ; un demi-sommeil, dans lequel les sens sont décuplés. Son esprit migrait loin, très loin de son corps, et sa respiration devenait de plus en plus lente, à mesure que son île lui apparaissait de plus en plus proche.

C'était une vague qui avançait et reculait, grattant des parts de conscience à chaque incursion, comme des parts de rivage. Les flots des souvenirs submergeaient bientôt l'étendue de son espace mental, et elle ne pensait plus à rien d'autre qu'à la nature. Son île redevenait son monde.

Elle revoyait alors les butineuses, qui dansaient autour des fleurs de sauge. Une odeur d'agrumes s'exhalait de cet arbuste sauvage, vivace, qui recouvrait tout. Au-dessus des sols rocailleux, ses feuilles se balançaient, élancées vers le ciel, oblongues et épaisses. Et les abeilles tourbillonnaient entre les tiges, pour épouser le bleu lilas, parfois tirant sur le rose, des fleurs printanières. Sous leurs ailes, des sacs de pollen, gonflés et lourds. Petite, Héra passait des heures à observer leurs va-et-vient, et elle écoutait leur bourdonnement, et elle caressait les feuilles duveteuses, et elle respirait l'odeur des fleurs violacées, et elle s'enivrait de beauté. La sauge était sa plante préférée, elle savait que «sauge» venait du mot latin *salvia* : celle qui sauve. La jeune fille connaissait bien ses vertus : son père lui en préparait des décoctions quand elle avait mal au ventre. Une fois par mois, ses douleurs étaient telles que seule cette plante faisait effet. Et quand c'était la récolte de miel de sauge, il en gardait de grands pots rien que pour elle – le reste était vendu aux touristes. Souvent, à cette période, Adonis montrait à sa fille l'intérieur d'une ruche. Leur jeu consistait à retrouver la reine parmi les dizaines de milliers d'abeilles qui grouillaient. Elle était bien plus grosse que ses congénères, mère de toutes les autres. La reine était la seule abeille, la seule, qui ne retournerait jamais son dard contre un être humain ou une autre abeille. L'unique condition pour qu'elle sorte les armes, lui avait dit son père, était qu'une autre reine s'introduise dans la ruche. Alors un combat terrible s'engageait... car dans ce monde hiérarchisé, aucune ouvrière ne se risquerait à un régicide. Les deux reines se faisaient face, encerclées par les spectatrices du duel, jusqu'à ce que l'une d'elles transperce l'autre avec son aiguillon. Le plus souvent, c'est l'abeille légitime qui l'emportait, sans doute parce que, se trouvant chez elle, elle se sentait en confiance. Rêvant ainsi au combat des reines, Héra se projetait en reine étrangère, introduite chez Agathe, reine en son foyer... et elle songeait qu'il ne pouvait en rester qu'une, à la fin.

IV

Depuis leur soirée au Petit Palais, Héra et Gabriel étaient inséparables : dès qu'elle pouvait s'échapper, elle allait le retrouver. Elle lui téléphonait, et ils se donnaient rendez-vous à l'Entracte, l'un des cafés de la rue des Carmes. Ils y avaient leurs habitudes : un cappuccino pour elle, un demi pour lui.

Ce café s'appelait l'Entracte, parce qu'il se situait à deux pas d'un cinéma d'art et d'essai. Peu avant la fermeture définitive du cinéma, Gabriel avait emmené Héra voir *La femme d'à côté* de François Truffaut, avec Fanny Ardant et Gérard Depardieu. «Ce film, il faut l'écouter», lui avait conseillé Gabriel. Héra s'était allongée, la tête sur les genoux de son ami, et elle avait fermé les yeux.

Pendant la séance, il s'était mis à lui caresser doucement les cheveux, et elle s'était endormie, bercée par la voix grave et pénétrante de Fanny Ardant. Elle avait toujours aimé qu'on lui touche les cheveux ; quand elle était enfant, sa mère la soignait par de simples caresses, son rythme cardiaque ralentissait peu à peu, et elle finissait toujours par s'apaiser. Tandis que Gabriel la caressait de la même manière, les dialogues lui parvenaient avec plus de puissance encore – «Moi je t'aimais, toi tu étais amoureux, c'est pas la même chose» – et elle reconstituait l'histoire, qui se mêlait à son rêve.

À son réveil, elle fut comme foudroyée par la dernière phrase du film : «Ni avec toi ni sans toi.» Héra repensa longtemps à cette phrase, et aux mains de Gabriel. Il avait su l'apprivoiser par sa douceur, dans une ville où tout, jusqu'alors, lui semblait brutal. Même les gestes de sa tante, dans leur grande délicatesse, transpiraient la violence.

Avec lui, elle se sentait moins seule. Leur relation n'était pas une histoire d'amour, et elle ne le serait jamais. Mais elle en avait la tendresse. Gabriel lui faisait voir la vie autrement, avec plus de légèreté. Il lui avait même présenté ses amis, et elle avait découvert cette faune qu'elle ne connaissait pas. Des gens bien nés, que Gabriel avait fréquentés au lycée... et à l'égard desquels elle ressentait un mélange de fascination et de mépris.

Car ils étaient très différents de son ami, dans le genre «agaçant» : issus des meilleurs établissements scolaires, des meilleures prépas, tous avaient le sentiment de faire partie de l'élite. Pas question pour autant de fréquenter les quartiers huppés et les boîtes à la mode. Ils préféraient les laveries qui abritaient des bars cachés, les cafés crasseux mais authentiques, et les petits troquets où l'on pouvait se saouler pour pas cher. Pour faire partie du club, il fallait maîtriser l'art subtil du paradoxe. Acheter des livres d'occasion parce que «les pages sont jaunies par le temps», et les laisser traîner chez soi comme des objets de déco. Fumer comme un pompier, et ingurgiter des kilos de pépins de raisin pour retarder l'apparition des rides. C'est dire si l'Entracte, avec ses photos en noir et blanc et son odeur de vieux tapis, remplissait tous les critères pour devenir leur QG.

Et quand ils virent Héra pour la première fois, elle était si «nature» qu'ils l'adoptèrent à l'unanimité.

V

C'est ainsi qu'Héra sortait tous les samedis soir avec ses nouveaux amis. Personne ne lui disait rien – tant que les tâches ménagères étaient faites – pas même Hugo, qui pouvait l'attendre des heures, juste assis sur le canapé. Dès que la porte d'entrée s'ouvrait, il sursautait, et se précipitait dans le vestibule, espérant que ce soit elle. Parfois, elle ne rentrait que le dimanche matin, et elle le trouvait couché dans son lit, sous les toits. Alors elle l'embrassait sur le front, et il se réveillait : «Dis Héra, on peut aller au Jardin?»

Et ils allaient marcher, main dans la main. Hugo chaussait fièrement ses nouvelles lunettes, et se parfumait avec l'eau de Cologne de son père. Il avait même essayé de se raser, pour voir ce que ça faisait. Ce jour-là, il s'était coupé le menton, et quand Héra avait essayé de le soigner il lui avait dit : «Laisse tomber. J'ai pas mal.» Hugo ne voulait pas être considéré comme un enfant. Pendant leur promenade au Jardin, il avait même calculé le temps qu'ils mettraient pour arriver à la fontaine Médicis. Une fois sur place, à midi pile – comme il l'avait prévu –, il avait demandé à sa cousine de s'asseoir, et lui avait annoncé : « Tu sais, Héra, quand je serai grand, je t'épouserai. »

VI

Agathe a préparé son réveillon à sa manière.
Elle s'est rendue à la pharmacie, et c'est Mme Henri qui l'a reçue :

— Une boîte de Lexomil, s'il vous plaît.

— Vous avez déjà fini l'ancienne ? Comment c'est possible ? Vous savez, c'est pas des bonbons, ces machins-là...

— Je vous ai demandé votre avis ? J'ai une ordonnance.

— Mais c'est dangereux vous savez. Moi, c'est mon métier de vous prévenir hein. Après, vous faites ce que vous voulez bien évidemment...

— Je voudrais mon médicament.

M. Henri sort de la réserve.

— Qu'est-ce qu'il se passe ici ?

— Mme Duchaussoy veut encore des anxiolytiques, explique l'épouse dans un souffle d'exaspération.

— Il y a d'autres pharmacies vous savez, répond Agathe en agrippant son sac à main.

M. Henri se tourne vers son épouse.

— Tu vois, on peut pas te laisser cinq minutes sans que tu fasses fuir les clients !

— Ah oui, tu la défendras toujours toi, hein !

— Ne faites pas attention à elle, madame Duchaussoy. Je vais vous chercher votre médicament illico presto. Une pastille à la menthe ?

Agathe se dit que c'est bien la dernière fois qu'elle met les pieds dans cette pharmacie. Elle s'est déjà dit ça des dizaines de fois, mais elle finit toujours par revenir, sans doute parce que c'est la plus proche de chez elle et qu'elle n'aime pas tellement sortir. Et puis M. Henri cède à ses caprices, qu'elle vienne avec ou sans ordonnance, alors elle s'est habituée aux scènes de ménage du couple. Le prix à payer. Elle aimerait en vivre, elle aussi, des scènes de ménage. Avec Laurent, cela fait bien longtemps qu'ils ne s'engueulaient plus vraiment. Elle pense à ce que sa mère lui répétait au début de son mariage, qu'*un couple sans disputes, ça n'existe pas ma chérie – les jeunes s'engueulent par jalousie, les vieux par lassitude. C'est normal. Avec le temps, les aboiements se transforment en plaintes à peine audibles, en grognements de vieux chiens pataude qui sont les échos diminués de nos engueulades passées, et qui finissent par ressembler à nos corps mous, relâchés, décharnés. Avec le temps, regarde ton père et moi, on râle, on maugrée, on ne crie plus. On n'a plus l'énergie, physiquement je veux dire. Pas faute d'avoir envie de se barrer parfois. Mais à quoi bon tout recommencer, alors qu'on arrive au bout, ça y est. On s'est épuisés, on a consumé notre amour comme un cent mètres. Le tien commence alors fais-le durer, avec endurance, patience, sinon ça s'essouffle, ça s'étouffe.*

Agathe songea alors que sa situation était encore pire que tout cela, que l'absence de disputes était le symptôme de ce qu'était devenu leur couple avec les années : une mauvaise contrefaçon.

De retour chez elle, Agathe avale un anxiolytique, en attendant sa belle-mère : les deux femmes n'ont jamais réussi à s'entendre. Marielle doit apporter le plat principal. Une dinde fourrée aux marrons – comme chaque année. Avec une sauce au foie gras – comme chaque année. «Il faut que tout change, pour que rien ne change», écrivait Lampedusa. «Il faut que rien ne change, pour que rien ne change», rectifie Agathe. Héra devait s'occuper du dessert, mais elle est encore sortie avec son nouvel ami. Laurent est rentré tard hier soir, il dort encore, et Hugo joue aux Lego dans la salle à manger. Agathe attend toujours. Elle lit Proust, et se demande si lire Proust n'est pas plus efficace encore qu'un cachet de Lexo. Quand elle était libraire, elle recommandait à ses clients les plus angoissés la lecture de Proust... L'humour, la finesse, la douceur envoûtante de l'écrivain, des tableaux peints avec des mots. La sonnette tire Agathe de ses pensées.

Marielle franchit le pas de la porte, une grosse marmite dans les bras. Un renard roux entoure son cou.

— C'est un enterrement ici ? Salut Agathe, il est où mon fils ?
— Il dort.
— À cette heure-ci ?
— Il est fatigué, j'imagine.
— Et elle est où la grande ?
— Héra ?
— Ben oui, vous en avez d'autres ? dans le congélo ?
— C'est de bon goût, ça. La grande est dehors.
— La veille de Noël ?
— Elle devrait pas tarder.

La sonnette retentit de nouveau.
— La voilà ! Hugo, tu vas ouvrir ?
— Marre d'ouvrir les portes moi, marmonne le petit garçon en traînant les pieds.

Laurent sort de la chambre, les yeux cernés. Son tee-shirt est froissé. Il s'approche de sa femme dans la salle de bains, et lui enserre la taille, comme sur la photo de la chambre d'Hugo. Elle se laisse faire quelques secondes, puis se retire doucement.

Pendant ce temps, Marielle discute avec Héra dans le salon. Elle lui chuchote :
— Tu ressembles à ta mère. C'était un rayon de soleil ta mère, pas comme ma bru... Ah tiens, il s'est réveillé mon fils. Laurent ? Viens voir ici.
— Maman ! Comment vas-tu ?
— T'as maigri ! Tu manges mal ?
— Mais non, tout va bien.

Laurent serre alors sa mère dans ses bras et lui baise les joues tendrement. Agathe sent sa tension grimper, malgré la dose d'anxiolytique. Mais aujourd'hui, elle a décidé de prendre sur elle.

Toute la famille se rassemble sur le canapé. Agathe ne parle pas, et grignote des noix de cajou. De temps à autre, elle esquisse un sourire mécanique en entendant les autres éclater de rire. Laurent s'approche d'elle et lui chuchote un mot à l'oreille. Agathe rougit quelques secondes, et réprime un rire nerveux... avant de retrouver l'instant d'après sa mine fermée. Il insiste, et lui glisse une main indiscrète sur la cuisse. Elle se lève d'un bond :

— Fous-moi la paix, OK ?

Les regards se tournent vers elle.

— Pardon, je suis désolée... Je... La fatigue.

Agathe remet sa jupe en place, et court se réfugier en cuisine.

— Il y a de l'eau dans le gaz, murmure la grand-mère à l'oreille d'Héra.

Elle a l'air satisfaite.

Laurent sort de l'appartement. Il lui est déjà arrivé de vouloir disparaître, comme dans les faits divers, comme cette jeune fille qui est allée acheter des cigarettes et qu'on n'a jamais revue, ou ces pères qui abandonnent leur famille sans jamais donner de nouvelles, et que les enfants tentent de retrouver des années plus tard grâce à une émission de télé tire-larmes. Peut-être même que personne ne penserait à le chercher...

ou alors Hugo, éventuellement, même si ces dernières années ils avaient un peu cessé de faire ensemble les traditionnelles activités de «père et fils». Fini les parties de ballon au jardin du Luxembourg. Fini les après-midi au Rostand, le lait de poule qu'il lui faisait servir – ni trop chaud, ni trop tiède – en même temps que son verre de vin blanc. Ne resterait que sa pauvre mère, s'il devait disparaître, pour s'inquiéter vraiment. Elle collerait des photos de lui dans tout Paris avec promesse de récompense à six chiffres. Ce serait une humiliation insupportable. Autant rester.

Dehors, la nuit commence à tomber. La lumière blanche du jour s'évanouit en nuances de rose, rouge sang au loin. Peu à peu, l'éclairage du salon se fait plus intense. Laurent avance dans la rue des Carmes, une cigarette aux lèvres. Il lève la tête. Sa mère est une ombre chinoise ; il l'aperçoit derrière la fenêtre. Il essuie ses pieds sur le paillasson, franchit la porte et jette un coup d'œil dans la cuisine. Agathe est là, tout va bien. Tant qu'elle est là. Les autres sont toujours dans le salon. Hugo joue aux cartes seul, il gagne ou perd contre lui-même. «C'est une bonne philosophie de vie», pense Laurent.

Personne ne semble avoir remarqué son absence.

Sa femme réapparaît dans le salon quelques minutes après son retour. Il en profite pour lui offrir son cadeau de Noël : un collier de perles noires.

«Elles ont été pêchées en apnée par les sirènes japonaises de Mikimoto. Ces femmes plongent dans la mer entièrement nues!»

Agathe l'embrasse poliment, et va ranger le collier dans sa boîte à bijoux, qui est comme le cimetière des cadeaux de Laurent.

— À table! crie Marielle.

VII

Deux mois plus tard. Février

On s'habitue à tout. On arrive dans un pays étranger, auquel on pensait ne jamais pouvoir s'acclimater. Et finalement, un jour ou l'autre, on s'y fait. Et les bruits de la ville, ceux-là mêmes qui nous empêchaient de dormir, on ne les entend plus.

Héra n'entendait même plus le bruit de la machine à coudre. Enfin! Elle avait réussi à trouver le sommeil. Dans son étrange famille, elle avait su tirer parti des caractères des uns et des autres, et de l'absence de communication, qu'elle prenait désormais comme un gage de tranquillité. «Au moins on me fout la paix», expliquait-elle, avec cette pointe de grossièreté qu'elle tenait de ses nouveaux amis.

La jeune fille était devenue une femme depuis que Gabriel lui avait présenté Ulrich, un grand Danois sans grand intérêt si ce n'est celui de s'être fait vite oublier une fois la chose vite faite. Elle n'avait ressenti ni douleur ni plaisir, et s'était même fendue d'un «tout ça pour ça!» à son meilleur ami. Lui, avait répondu: «Tous les instruments sonnent faux au début. Et puis un jour, avec la pratique, on s'accorde.»

Gabriel voyait comme son amie avait changé en l'espace de deux mois. Il n'en revenait pas de la rapidité de cette transformation. Il se disait que son amie était un caméléon, qui s'était fondu dans son environnement pour y survivre. Héra était plus féminine, plus affirmée. Elle dépensait désormais sans compter l'argent de son oncle et de sa tante en chapeaux, jeans, chaussures, et se justifiait en expliquant qu'il fallait bien qu'elle s'occupe. Et que ni son oncle ni sa tante ne lui disaient quoi que ce soit de toute façon.

Héra était devenue plus indifférente, aussi. Sans doute que sa relation avec sa tante y était pour quelque chose. Après avoir essayé à de nombreuses reprises de créer un lien, elle s'était finalement résignée à une certaine distance. De déception en déception, elle avait compris que sa nouvelle vie ne lui ferait pas de cadeaux. Que sa famille ne serait pas un refuge paisible, et qu'il n'y aurait jamais plus de refuge paisible. Qu'il n'y avait plus personne pour veiller sur elle. Et que les vestiges de l'enfance, la capacité d'émerveillement et de réenchantement du monde disparaîtraient eux aussi peu à peu. Héra avait entamé sa mue, pour ne plus être celle qui subit les assauts du destin. Elle avait trouvé en elle l'orgueil, attribut d'une femme qui ne se laisserait plus broyer. Elle affûtait ses armes : son regard de photographe s'aiguisait de jour en jour.

Héra observait les Parisiens, et prenait plaisir à les caricaturer. Une fois, elle avait même descendu en flèche l'une des meilleures amies de Gabriel :
— Tu vois Judith, avec son Perfecto en cuir, sa manucure parfaite, et son sac à main... elle prend des grands airs, fait son élégante, non ?

Et comme il ne voyait pas où elle voulait en venir, elle avait poursuivi sa démonstration :
— Eh bien moi je la trouve extrêmement vulgaire. Elle dit «bonjour», et c'est vulgaire. Elle dit «merci», et c'est vulgaire.
— Ah... les femmes entre elles, avait répondu Gabriel.

Héra avait botté en touche :
— De toute façon, un rien me contrarie en ce moment.

Ce jour-là, elle expliqua aussi à Gabriel que M. Quentin, l'opticien de la rue des Carmes, la mettait mal à l'aise. Il n'y avait pas tellement de raisons à cela, si ce n'est le sentiment qu'elle avait éprouvé quand ils s'étaient rencontrés. Elle l'avait qualifié de «pervers» et, cette fois-ci, Gabriel s'était agacé : «Héra, tu es folle.

M. Quentin, c'est une crème. Il m'a déjà rendu de grands services... il s'est même occupé des lunettes d'Hugo. Tu es ingrate, et pleine de préjugés. Viens avec moi, je vais le saluer. »

VIII

— Édouard, tu connais Héra je crois.

— Tout à fait, bien qu'on n'ait jamais vraiment eu l'occasion de discuter.

Elle lui serre la main avec énergie, ce qui a pour effet de le faire sursauter.

— Bonjour monsieur Quentin.

— Vous pouvez m'appeler Édouard.

Héra a envie de répondre «certainement pas», mais aucun son ne sort de sa bouche. Gabriel, lui, s'est éloigné. Il observe les montures des lunettes de soleil au fond de la boutique. Pour rompre le silence, l'opticien propose un café.

— Un thé vert, vous avez ?

Il ouvre une trappe derrière son bureau, et descend dans ce qui ressemble à une cave. Héra se penche en avant pour essayer d'apercevoir l'intérieur du trou béant; il fait tellement sombre qu'elle ne voit pas grand-chose, si ce n'est la flamme vacillante d'un briquet. Ses pensées tout entières aspirées par la cavité, elle ne se rend pas compte que la porte derrière elle vient de se refermer. Elle se retourne : Gabriel est parti – fâcheuse habitude, décidément. M. Quentin s'installe à son bureau.

— Prenez place je vous prie.
— Il m'attend dehors, je dois y aller.
— Buvez au moins votre thé.
— Non merci, c'est gentil mais...
— Asseyez-vous, il faut que je vous parle.

Héra tombe sur sa chaise, comme si le ton soudain autoritaire de l'opticien lui avait coupé les jambes.

— Bien. On n'a pas beaucoup de temps. Et je ne devrais pas me mêler de cette histoire. Mais vous êtes en danger, Héra...

Un client entre dans la boutique à ce moment précis. L'opticien le salue d'un «bonjour monsieur, installez-vous» puis se tourne vers elle :

— Désolée madame, mais votre monture est indisponible. N'hésitez pas à... enfin si... si vous avez besoin.

Il attrape un morceau de papier, griffonne un numéro de téléphone d'une main, tout en la guidant en vitesse vers la sortie.

Le lendemain et les jours suivants, la boutique du lunetier est restée fermée. Héra s'est de toute façon refusée à l'appeler. Elle ne veut accorder aucune importance aux paroles de cet homme, dont elle se méfie. Depuis des semaines, elle a remarqué qu'il l'observe, caché dans sa boutique. Un regard pénétrant, troublant. Elle sent bien un danger oui... mais si danger il devait y avoir, il viendra de lui.

IX

Les enfants ont l'art de la démesure.

« Je t'aime grand comme une maison » fut, un temps, l'une des phrases préférées d'Hugo. À l'échelle d'un enfant, une maison, c'est forcément grand, ça compte forcément quatre murs et un toit, deux fenêtres, et la porte est toujours au milieu. Une maison de dessin d'enfant, ça a toujours un jardin, avec des fleurs de la taille de la porte d'entrée, et des parents de la taille des fleurs. Souvent, le papa est un peu plus grand que la maman, et dispose d'un ventre rond bien plus gros. Mais l'un et l'autre se ressemblent, en ce qu'ils ont généralement des mains disproportionnées par rapport au reste du corps. Pas chez Hugo. Il y a deux ans, Mme Picard – sa maîtresse de CE1 – avait conseillé aux Duchaussoy d'emmener leur fils consulter un psychologue : dans les dessins du garçon, ses parents n'avaient jamais de mains.

Laurent avait ri au nez de l'enseignante.

— On ne va quand même pas en faire un drame ! Je suis sûr qu'il fait ça pour se faire remarquer.

— Quel intérêt ?
— L'intérêt de l'enfant, madame, c'est d'exister à vos yeux. Vous savez, ce sont des manipulateurs ces petites choses-là. Voyez comme ils aiment se battre, se pousser, ou exclure un camarade d'un jeu comme ça, sans prévenir. Voyez comme ils pleurent pour ne pas aller se coucher, ou pour signifier leur mécontentement lorsque vous les obligez à avaler tel ou tel médicament. En me dérangeant dans mes activités aujourd'hui pour une histoire de «dessin», vous faites exactement ce qu'il attend de vous. Vous êtes sa petite marionnette.

Aujourd'hui, en cours d'art plastique, Hugo se refuse encore à dessiner les mains.

D'ailleurs, de plus en plus souvent, il rechignait à faire des choses demandées en classe. Gabriel s'en étonnait, car l'année précédente, Hugo se comportait normalement. Un enfant sans problèmes. Personne ne comprenait ce qui avait bien pu se passer en l'espace d'un an.

Gabriel avait essayé, lui aussi, d'en parler avec la famille – mais le père était toujours en retard ou très pressé, et la mère ne venait jamais. Alors le maître d'école restait souvent seul après la classe pour discuter avec Hugo, en attendant que quelqu'un vienne le chercher. Il avait mis les troubles du garçon sur le compte de la négligence dont faisaient preuve ses parents, et depuis, il lui prêtait une attention toute particulière. Afin de continuer à le suivre, il avait même demandé à changer de section, et à prendre en charge à nouveau la classe d'Hugo.

X

Quand il était tout petit, Hugo était un enfant choyé.

C'était il y a bien des années...

Agathe lui lisait des contes, dans d'immenses albums illustrés, jusqu'à ce qu'il s'endorme. Mais ce qu'il préférait, c'est quand elle lui inventait des histoires. Plus c'était insensé, plus il riait. Elle avait imaginé un monde où les hommes dormaient avec les poules – confortables oreillers – et cherchaient les œufs dans leurs draps au matin; un monde où l'on rencontrait des «aiguilleurs du ciel» des oiseaux, capables de reconnaître chaque espèce, et d'orchestrer leurs décollages et atterrissages selon le cycle du soleil; un monde où l'ordre des heures et des jours pouvait s'inverser à tout moment. Au réveil, elle lui disait : «Bonne nuit mon chéri, fais de beaux rêves...» Et au coucher : «Habille-toi! On va à l'école!» Alors il la regardait, déconcerté, et tentait de la raisonner : «Mais maman, t'es bête, c'est pas l'heure de l'école du tout!», après quoi, généralement, elle essayait de le pousser dans ses retranchements.

— Qui te dit que l'horloge est à l'heure ?
— Tu vois bien qu'il fait nuit !
— Quand il fait nuit, ce n'est pas toujours la nuit mon chéri.
— Mais non, mais maman... je suis déjà allé à l'école aujourd'hui, maintenant il faut dormir. Tout le monde va dormir.
— Qui te dit que l'univers est à l'heure ? Peut-être que tout le monde se trompe !
— Maman...

Hugo, comme tous les enfants, redoutait l'heure du coucher. Alors Agathe avait mis en place cette petite stratégie amusante, qui consistait à faire exactement le contraire de ce qu'on attendrait d'une bonne mère de famille. Encourager son fils à ne pas dormir était le plus sûr moyen qu'il s'endorme vite. Laurent goûtait assez peu cette méthode, mais puisqu'elle portait ses fruits... il la laissait faire. « Ça stimule son imagination, ça le fait réfléchir », se justifiait Agathe, « parce que les choses ne sont pas toujours ce qu'elles semblent être. »

Puis un jour elle fut incapable d'inventer la moindre histoire. Laurent cessa d'emmener son fils au jardin du Luxembourg. Hugo ne parvint plus à dessiner les mains qui le cajolaient jadis.

Il est vingt heures. Agathe émerge de ses pensées. Ce soir, elle a autorisé sa nièce à inviter son ami, le maître d'école d'Hugo. De toute façon, Laurent doit rentrer de son voyage d'affaires dans quelques heures, alors elle sera dérangée.

XI

— Tu sais Gabriel, j'ai fait installer un studio photo miniature dans ma chambre. Une cage à lumière, avec des fonds de couleurs différentes. Deux petites lampes d'éclairage, et un trépied pour mon appareil. Je ne sais pas encore à quoi ça va me servir, mais tu vois le genre...

Héra vient d'entrer dans l'appartement, suivie de près par son ami.

— Voilà, nous y sommes ! Depuis le temps que tu me harcèles... eh bien, tu vois, c'est juste un appartement. Tout ce qu'il y a de plus normal.

Elle retire son poncho, et détache sa crinière épaisse en retirant sa pince d'un coup sec. Ses cheveux ondulent sur sa chemise à carreaux. Elle avance vers la cuisine. Son short taille haute laisse entrevoir ses jambes fines et gracieuses, encore allongées par des spartiates du dernier chic.

— Tu devrais peut-être chercher du travail, belle gravure de mode..., lui lance Gabriel.

Elle se retourne.

— Je m'occupe d'Hugo...

— Menteuse. Tu ne t'en occupes plus tellement. Il a passé au moins une heure à t'attendre devant l'école l'autre soir.

— Tu me fais la morale ?

— Pas du tout. Je dis juste que tu sors beaucoup trop depuis quelque temps. Tu as tenu ton rôle pendant des mois à la perfection, et maintenant tu en as marre, je comprends. Mais... les sorties, le shopping, les fréquentations, tout ça, il ne faut pas que ça devienne... moi je peux m'en occuper d'Hugo si tu veux...

— Je ne veux pas finir comme Agathe, à mourir d'ennui toute la journée, chuchote Héra. Elle poursuit : Paris enferme ou Paris libère. J'ai choisi.

— Parce que tu penses être libre ?

— Parfaitement. Et puis tu ne peux t'en prendre qu'à toi-même. Les Judith, les Lucas, les Ulrich, et tous les titis parisiens, c'est bien toi qui me les as présentés, non ?

— Je ne pensais pas que tu deviendrais comme eux.

Héra tourne les talons pour entrer dans la chambre d'Hugo. L'enfant se jette dans ses bras. Elle s'en écarte, et s'agenouille pour se mettre à sa hauteur.

— Tu trouves que je te délaisse, mon chéri ?

— Ben en ce moment, un peu..., répond le petit garçon, en triturant un mouchoir.

— Je te promets que ça va changer. Regarde qui est là. L'ange...

— Gabriel.

— Qu'est-ce que tu faisais tout seul dans ta chambre ? questionne le maître.
— Je jouais.
— Tu n'es pas très bavard. C'est parce que tu es surpris de me voir ici ?

L'enfant ne répond pas. Alors Héra, gênée, adresse un clin d'œil à son ami.

— Allez, laisse-le tranquille. Tu sais, Hugo n'aime pas me voir avec d'autres garçons... Il est toujours un peu jaloux.

Elle embrasse son cousin sur le front.

— C'est l'heure du dîner, il faut se laver les mains.

Gabriel prend la main d'Hugo, traverse le long couloir, entre dans la buanderie, puis ouvre la porte de la salle de bains. Héra les suit... sans un mot. En sortant de la pièce, elle se tourne vers le maître d'école.

— Comment tu as su ?
— Quoi ?
— Pour la salle de bains. Je ne t'ai pas fait visiter l'appartement. Comment tu as su où elle se trouvait ?
— Je suis déjà venu. Il y a deux ou trois ans, il était tout petit et ses parents l'avaient oublié, une fois de plus. Tu te souviens, je t'avais raconté...
— Et tu l'avais raccompagné chez lui, c'est adorable...
— Je vois que la petite famille Duchaussoy écoute de la bonne musique ! s'exclame-t-il, pour changer de sujet.

Il s'approche de la collection de vinyles.
— Chut ! On va déranger ma mère ! supplie Hugo.
— ON S'EN FOUT, lui lancent en chœur les deux amis.
— Héra, cette musique... elle est pour toi.
Une chanson des années 70 résonne dans toute la pièce :

*Je suis une fleur de province
Ni trop grande, ni trop grosse, ni trop mince
J'arrive avec ma valise,
Car Paris pour moi c'est la Terre promise...*

Héra se précipite vers son ami et fait mine de le frapper avec la pochette du disque.
— À mon tour.
Elle retire ses chaussures et grimpe sur la table laquée du salon. La guitare d'Alain Bashung l'accompagne. Elle danse, et tourne, et tourne encore, balançant ses hanches de droite à gauche, et de gauche à droite. Hugo observe la scène, médusé, pendant que Gabriel écoute les paroles qui disent que *Gaby, Gaby, tu devrais pas m'laisser la nuit*, et que *j'peux pas dormir j'fais qu'des conneries oh Gaby...*
Le maître d'école la rejoint sur la table, un verre à la main, et l'enlace.

La porte d'entrée claque.
Laurent est rentré plus tôt que prévu.
Il fixe Gabriel, sidéré.

— Vous allez me faire le plaisir de sortir d'ici, jeune homme. Et très vite. Elle est où Agathe? Quant à toi, Héra, va coucher Hugo immédiatement. Elle est où, Agathe?

Il laisse tomber son cartable dans l'entrée, le bouquet de fleurs qu'il a acheté, et ouvre la porte de la chambre à coucher d'un coup de pied.
— C'est quoi ce bordel?
— Quel bordel?
— Parce qu'en plus tu es sourde?
— Oh tu ne me parles pas comme ça, hein! C'est moi qui ai autorisé notre nièce à recevoir son ami.
— L'instituteur d'Hugo tu veux dire!
— Et alors? En quoi ça te dérange?
— Je rentre et je vois le maître d'école de MON fils se déhancher sur la table de NOTRE salon, et toi, tu trouves ça normal!
— Ton fils, ton fils, tu le vois beaucoup ton fils?
— Pas moins que TOI, qui passes tes journées ici, allongée sur ton lit.
— Tu me dégoûtes.

Laurent se saisit du premier objet à sa portée – un cendrier de Murano – et le lève en direction de sa femme. Son bras tremble jusqu'à se trouver tétanisé. Le verre se brise sur le sol. Il sort. Agathe ramasse un à un les morceaux, agenouillée au pied du lit dans sa chemise de nuit bleu pâle. Elle fait un tas des petits débris, qu'elle empile les uns sur les autres. Son visage affiche un sourire discret.

XII

Ce soir-là, Édouard Quentin s'était mis au lit de bonne heure.

Depuis le début de l'automne, il vivait dans sa boutique...

Il avait donné la clé de chez lui, une chambre maigrelette dans un hôtel miteux, à Gabriel... qui lui avait proposé une généreuse somme d'argent en échange.

Le maître d'école avait prétendu avoir besoin de cette chambre comme d'une garçonnière – c'était plus discret que dans son immeuble.

L'opticien avait refusé l'argent. À la place, il ne lui avait demandé qu'un service : rencontrer Héra.

Gabriel avait souri : «T'es un sacré romantique toi!» Et il avait tenu parole, sans poser de question. Tout était réglé. Enfin presque : la fille était coriace.

XIII

Les fêtes de Gabriel ressemblent à de grands supermarchés. On trouve de tout. À l'extérieur du bar, ça grouille de monde. Des visages déjà vus. Des visages de gens qu'on ne croise qu'en soirée, comme s'ils hibernaient le reste du temps. Cette réflexion fait sourire Héra, elle tente de se frayer un chemin, tout en imaginant qu'elle tient entre ses mains un caddie et une liste de courses :

RAYON FRAIS

Jeunes filles bio à la peau douce, à consommer rapidement après ouverture. Périme vite.

POISSONNERIE

Vieille morue mal rafistolée. Bouche de mérou. Œil de crevette. Cuissots piégés dans des filets de pêche style « bas résille ». Sac à main en écaille.

RAYON SURGELÉS

Du vieux beau en promo. Celui-là sait qu'il ne se retrouvera plus jamais au rayon frais, alors pour s'en donner l'illusion, il en fréquente les dignes représentantes. La jeune fille bio peut se laisser tenter par l'un d'entre eux de temps à autre, à condition que celui-ci s'entretienne. Attention, le vieux beau peut se décongeler à tout moment.

FRUITS ET LÉGUMES

Le rayon le plus fourni du supermarché. Beaucoup de pommes, de poires, de bananes plus ou moins flambées, une ou deux patates, des cornichons, et quelques longues asperges.

Les meilleurs amis du maître d'école, eux, se comptent parmi les rares bonbons acidulés : Pétillants. Drôles. Énergiques. Orgueilleux. Héra fait partie de cette catégorie.

Elle porte une robe menthe à l'eau, avec boucles d'oreilles assorties :

— Salut Gabriel, ça a commencé il y a longtemps ?

— Quand même oui...

— Tant mieux !

Elle déteste arriver en même temps que tout le monde.

Elle se commande un verre de Spritz, parce que « ça lui rappelle l'Italie ».

Elle se rappelle qu'elle n'est jamais allée en Italie.

Elle commande un autre verre de Spritz.

Elle rencontre un type – il a envie de discuter.

Elle le trouve plutôt charmant.

Elle le questionne. Formation. Profession. Ambition.

Elle se dit qu'il remplit tous les critères, qu'il coche toutes les cases, et qu'il pourrait peut-être même l'emmener en Italie.
Elle s'ennuie.

Héra prétexte une envie pressante de fumer pour s'échapper. Elle fume des cigarillos. Ça lui donne un air espagnol, femme fatale, qu'elle cultiverait encore plus si elle en avait les moyens. Ses ongles sont peints de rouge. Elle gratte une allumette dans la nuit, sous la tonnelle. L'intérieur du bar résonne des bruits de verres qui trinquent. Un groupe de filles du rayon frais débarque. Même taille, calibrées pour entrer dans une boîte d'œufs ou en boîte de nuit.

La brune menthe à l'eau s'assoit sur un muret en bois, un peu à l'écart. Au loin, on entend les notes d'un pianiste de rue. Elle reconnaît le *Nocturne en fa mineur* de Chopin. Son père adorait Chopin, surtout les enregistrements d'Alfred Cortot. Elle se souvient qu'il avait même fait inscrire au-dessus de son piano la fameuse phrase de Zweig : «Quand les mains de Cortot n'existeront plus, Chopin mourra une seconde fois.» Le *Nocturne en fa mineur* était l'une des pièces favorites d'Adonis. Il l'appelait «la balade lente et boiteuse d'un couple de vieillards sur la plage». La voix lente de son père lui revient en mémoire...

«Dès les premières notes, le pianiste malaxe la matière molle et granuleuse du sable. Il laisse filer ici et là quelques grains brûlants entre ses doigts. Et la marche repart, suivant une répétition qui n'est jamais répétitive, de la même manière que la mer modifie et sculpte la plage à chaque instant. Le vieil homme sait qu'il va mourir bientôt ; mais pas comment l'annoncer à sa femme. Elle, est mélancolique sans trop savoir pourquoi, de cette mélancolie un poil exaltée que l'on ressent lorsqu'on voudrait emprisonner un moment de bonheur. Elle rit. L'emmène sous la falaise où ils se sont cachés, il y a longtemps, et se sont aimés pour toujours. Ils s'y racontent des histoires. Puis s'endorment, enfants inconscients. La marée monte. La main du pianiste accompagne le sac et le ressac, poussée par un vent capricieux. La vague prend, et elle rend. Elle engloutit, et rejette. La main qui les noie peut aussi les sauver. Elle court comme un crabe jusqu'à eux. Sur le sable, deux corps humides. Le mari est vivant. Il se réveille, et recrache la mer. À ses côtés, le visage fier et solaire d'une femme qui a réussi à emprisonner, pour toujours, un moment de bonheur. »

— Gabriel, je m'en vais.
— Tu ne t'amuses pas ?
— Pas ce soir, non. Je cherchais quelqu'un. Quelqu'un qu'on ne connaît pas. Un visage un peu inattendu...
— Ça tombe bien. Voilà justement un visage peu commun.

Gabriel plante son amie au milieu du bar.

— Vous, ici? lance-t-elle à l'homme devant elle.
— Puis-je vous offrir un verre?
— Non merci. J'allais partir. Cette fois, vous ne me forcerez pas à m'asseoir.
— C'est vrai. C'était ridicule.
— Puisque vous en avez conscience…
— Puis-je vous offrir un verre? insiste Édouard Quentin.
— Arrêtez de me regarder comme ça. Je vous en supplie.
— Pourquoi?
— Parce que vous n'êtes pas du tout mon genre!
— À supposer que vous soyez mon genre… ça ne rendrait le défi que plus beau, non? Il est si facile pour un homme de séduire une femme déjà acquise à son enveloppe. Peu importe la carte postale qu'elle contient alors, elle passera comme une lettre à la poste. Mais souvenez-vous : le fruit défendu, par lequel tous les malheurs des hommes sont apparus en ce monde, était une belle pomme bien juteuse, croquée par une idiote dotée d'un grand sens de l'esthétisme.
— Vous êtes hypocrite. Si vous me regardez, c'est que vous succombez au même vice que ces «amateurs de beauté» que vous critiquez.
— Non, je ne vous regarde pas parce que vous êtes belle, Héra. Mais parce que je vous aime – à ma façon – et que j'ai peur pour vous…

Mais déjà elle lui tourne le dos, et quitte le bar. Il est tard. L'alcool lui monte à la tête. Pour être sûre de se souvenir de sa soirée, elle écrit dans son journal :

> Ai dû subir une déclaration d'amour sucrée à en faire crever un diabétique.

XIV

Le lendemain matin, Héra entreprend de faire une promenade dans les rues de Paris. Elle marche au hasard, à la recherche d'une image qui pourrait l'inspirer. Et arrive rue des Écoles, devant un magasin de bonbons à l'ancienne. Tous les enfants s'arrêtent devant, quelques secondes, hypnotisés par les sucres d'orge, roudoudous verts et bleus dans leur coquille nacrée, oursons au chocolat, montagnes de sucettes colorées, et guimauves arc-en-ciel, jusqu'à ce que leurs parents les tirent par la manche. La vendeuse porte une blouse rose pâle avec l'inscription «Le monde merveilleux» brodée au fil d'or, et un gant blanc comme dans les bijouteries. Elle manipule les friandises comme des pierres précieuses et les glisse une à une dans des pochettes transparentes. Puis elle colle un autocollant d'écolier sur le paquet, et offre à chaque enfant un caramel en cadeau. Tout est très ritualisé dans ce monde merveilleux des bonbons sans colorant ni conservateur.

Absorbé par cet univers enchanté, personne ne prête attention au banc juste devant la boutique. Un banc auquel on a ajouté un accoudoir central, pour éviter que les sans-abri ne s'allongent dessus. Le monde merveilleux reste ainsi préservé de toute pollution visuelle.

Mais une masse sombre, recroquevillée, s'est endormie juste en dessous, à même le sol. Héra sort son appareil photo : à l'arrière-plan, la boutique bien nette du «monde merveilleux» et au premier plan, flou, presque invisible, le banc sous lequel gît une forme noire.

Héra repart, la tête dans les nuages. Près de la cathédrale Notre-Dame, elle s'arrête devant une librairie, et ressent alors comme un pincement au cœur. Depuis des mois, elle n'a pas ouvert un livre.

Sur son île, pourtant, les romans étaient ses compagnons. Avec eux, elle ne s'était jamais sentie seule. Certains jours, les ferrys de touristes ne pouvaient amarrer à cause des vagues, parfois violentes aux abords de l'île. Et il n'y avait rien à faire ces jours-là, qu'à attendre, un livre à la main, au milieu du jardin botanique…

Parfois, elle levait la tête, et jetait un coup d'œil réprobateur aux oiseaux, qui l'avaient sortie de sa rêverie de leurs piaillements incessants. Mais très vite, les piaillements se confondaient avec l'histoire, et son esprit s'en trouvait comme modifié, devenant plus réceptif, plus sensible, capable de voir ce qui jusqu'alors lui échappait, de ressentir les êtres et les choses d'une manière nouvelle. Lire n'était pas une activité coupée du monde pour elle. Bien au contraire : les endroits où elle se cachait pour lire, l'arbre tordu au fond du parc ou l'ombre des voûtes cruciformes du monastère, ces endroits, elle en avait gardé des sensations plus intimes, grâce aux livres. Ces lieux faisaient partie de son paysage mental, et elle y plaçait les scènes d'action de ses romans préférés. Juliette attendait Roméo en haut du pigeonnier; Mathilde de La Mole baisait le front de Julien Sorel avant d'enterrer sa tête dans l'une des grottes sauvages de l'île; et les poules d'Adonis étaient nourries chaque matin par la Petite Fadette.

Mais depuis son arrivée à Paris, lire lui était devenu difficile. C'était comme si les personnages de ses histoires préférées étaient restés là-bas, à attendre qu'elle revienne. Et puis lire était trop associé à Agathe...

Héra poursuit sa route jusqu'aux rues marécageuses. Dans cet arrondissement, elle trouvera certainement un ou deux amis pour faire les boutiques avec elle. À peine a-t-elle mis un pied place des Vosges qu'elle croise par hasard Ulrich, le complice de sa première nuit d'amour :

— J'adore cet endroit. Tu sais que tous les numéros de cette place ont une histoire ? Ici, l'ancien appartement de Victor Hugo. La tragédienne Rachel habitait le numéro 9. Et je ne te parle même pas des autres illustres locataires car la liste serait trop longue... et tu soupires déjà.

— Je cherche juste un chapeau pour l'arrivée des beaux jours. Peut-être qu'une de tes nombreuses amitiés disparues aurait l'obligeance de me prêter le sien? Un chapeau de mousquetaire fera très bien l'affaire!

— Tu ne crois pas si bien dire... Sais-tu que dans *Les Trois Mousquetaires*, Alexandre Dumas fait justement mention de la place Royale sur laquelle...

— Ulrich! Je ne cherche pas à me mettre des choses dans la tête, mais sur la tête.

— Pour ça, tu devrais demander à Gabriel. Je l'ai aperçu chez Carette. J'ai pas osé le déranger, il n'était pas seul.

— Tu es sûr? Une femme?

— Non. Un homme, tout rabougri.

— On y va.

Héra le traîne jusqu'à l'établissement. Elle inspecte les moindres recoins du lieu. La terrasse, le sous-sol. Aucune trace de Gabriel.

— Tu as dû mal voir. Peu importe. Je n'ai plus très envie de faire les magasins de toute façon.

Elle l'embrasse sur la joue, et s'en va, seule, perdue dans ses pensées, contrariée sans raison.

À l'euphorie succède la mélancolie, chez les caractères tourmentés. Il suffit d'un rien, d'un mot, d'une intuition, ou d'un imperceptible changement d'environnement, pour que ce genre d'individu se trouve perturbé, rongé par une angoisse indéterminée. Dans ces moments-là, quelque chose l'agace, mais il ne saurait dire quoi. Sa nervosité est telle qu'il serait capable de violence gratuite, mais en l'absence de bouc émissaire, la violence se retourne presque toujours contre lui-même. Parfois, l'homme agité réussit à se défouler grâce au sport, et à convertir sa colère en énergie. Mais le plus souvent, ses nerfs lui donnent envie de se détruire. Boire, jusqu'à s'oublier. Se consumer de l'intérieur. Il voudrait hurler, cracher à la face du monde sa rage, mais sa bonne éducation l'en empêche. Et puis surtout, il n'y a pas de raison. Depuis qu'elle vit à Paris, Héra est parfois sujette à ce genre d'angoisses métaphysiques, qui sont comme des dépressions orageuses sans pluie, lorsqu'on entend le grondement sourd du tonnerre et qu'on observe dans le ciel des nuages chargés qui refusent d'éclater. Ça finit toujours par passer, aussi vite que c'est venu. Peut-être est-ce de l'ennui, un profond sentiment d'inutilité et de vide, une absence de sens, ou de la nostalgie. Peut-être est-ce la combinaison de toutes ces petites causes mystérieuses qui peuvent subitement transformer le caractère d'un homme. Héra tourne en rond, désorientée. Ça va passer, elle le sait. Ça passe déjà. Au détour de la rue des Francs-Bourgeois, elle se surprend même à sourire bêtement. Elle respire. Dieu que c'est bon de respirer. Redresse la tête. Ça sent le printemps, le réveil des primevères et des bougainvilliers.

Sur son île, on l'appelait la saison des paons.

XV

Le soir venu, Héra retrouve ses amis à l'Entracte. La salle se remplit petit à petit. Elle regarde par la fenêtre. Ce qui se passe à l'intérieur l'intéresse peu. Elle n'a rien à raconter, de toute façon. Mais le temps s'écoule plus vite que chez elle.

— Et toi, tu y crois au destin ?

La question sort la jeune femme de sa léthargie. Elle lui a été posée par l'un des garçons en bout de table, inconnu au bataillon. Le genre sportif, avec des traits émaciés. Ses cheveux sont drus, dressés en brosse sur sa tête, et son visage porte encore la trace de ses lunettes de ski.

— Tu ne crois pas que tout est écrit à l'avance ? insiste-t-il

— Ce serait triste de penser comme ça. Se dire qu'il n'y a rien à faire. Juste à suivre sa route. Moi je pense qu'on peut prendre sa vie en main, et la transformer, répond Héra.

— Tu parles de «main»… Les destins exceptionnels sont souvent guidés par une main chanceuse, non? Et que dire de ceux qui lisent précisément l'avenir dans les lignes de la main?

— Je crois qu'être voyant, c'est être clairvoyant. Par exemple, toi... je vois... je vois... que tu as passé tes vacances d'hiver au ski. Et je peux même te prédire que tu y retourneras l'année prochaine, car c'est ce que font tous les mordus dans ton genre, n'est-ce pas?

Le groupe d'amis éclate de rire. Gabriel les rejoint à ce moment précis :

— Laissez-moi deviner! Héra a encore fait des siennes?

Elle lui sourit.

— Je suis venu t'enlever. On va danser? J'ai travaillé toute la journée, assis à mon bureau, avec le mur comme seul paysage. J'aurais voulu m'y cogner la tête. Il faut que je me dégourdisse les jambes. Allez, viens!

— Tu n'es pas sorti?

— Non.

— Ulrich a pourtant cru...

— Oh, tu connais Ulrich... Y a pas pire bigleux que lui. Allez viens, on s'arrache.

— En fait, je préférerais rester.

— Très bien. Comme tu voudras.

Gabriel sort du bar sans un au revoir. Héra fixe l'ombre qui s'enfonce dans la nuit. Elle est heureuse de ne pas l'avoir accompagné, comme elle l'aurait fait auparavant. Les visages sous la lampe ne lui sont pas familiers, mais Gabriel lui paraît, ce soir, plus étranger encore. Pour la première fois, elle a pensé que son ami lui cachait quelque chose. Il lui a menti, en lui disant qu'il n'était pas sorti de la journée, et elle n'a pas aimé ça. Parfois, il suffit d'un doute, d'un infime et ridicule petit doute, pour qu'une fissure se dessine entre deux êtres. Pas assez profonde pour faire voler en éclats une amitié, elle a tout de même assez d'importance pour la perturber. Elle se refermera par la force des choses ou, au contraire, s'élargira jusqu'à former une brèche irréparable.

Mais Héra n'a pas le temps de s'interroger plus longtemps sur son amitié avec Gabriel : un événement vient troubler une autre de ses certitudes.

Quelqu'un vient d'allumer sa cigarette, à l'entrée du bar.

La flamme du briquet éclaire quelques instants son visage. Des traits, fins et réguliers. Son oncle.

À ses côtés, elle distingue une silhouette, d'apparence plus chétive, mais sans parvenir à reconnaître la personne qui est collée à la façade et cachée par un mur. Laurent écrase son mégot. Puis entre dans le bar. Héra fait comme si elle ne l'avait pas vu, feignant d'être absorbée par une conversation qu'elle n'a pas écoutée. Laurent l'aperçoit et quitte l'endroit.

Héra le suit, sans savoir ce qu'elle cherche ; mais elle veut comprendre ce que fabrique son oncle dehors à une heure pareille. Elle garde une distance suffisante pour ne pas se faire repérer, tout en conservant les deux individus dans son champ de vision. Ils traversent un pont, en marchant l'un à côté de l'autre, sans se regarder, sans se parler. De temps à autre, Laurent jette un œil à son téléphone, puis le range dans la poche intérieure de sa veste en cuir. Il s'arrête à un distributeur, tandis que l'autre se tient à l'écart, sous un réverbère. C'est un homme d'allure jeune. Son style tranche avec celui de Laurent. Il porte un sweat à capuche et un bermuda trop large. Son corps frêle penche un peu vers la droite. Héra a le sentiment d'avoir déjà vu ce garçon, mais ne se souvient pas dans quelles circonstances.

Les deux hommes montent dans un taxi. La filature se poursuit jusqu'à la gare de l'Est. Elle perd leur trace.

Toute la nuit, elle attend le retour de son oncle. Elle essaie de se souvenir du visage de l'autre homme. Où a-t-elle bien pu le rencontrer? Elle passe en revue les célébrités qu'elle connaît, les acteurs de seconde zone, les journalistes de télévision, mais non, ce n'est pas ça.

Elle se remémore ses dernières soirées, les gens qu'elle a croisés sans vraiment leur prêter attention. Impossible de se rappeler son identité, et pourtant, elle est sûre de l'avoir déjà vu. Laurent entre dans l'appartement sur les coups de quatre heures du matin. Elle l'entend se déshabiller, et s'avachir sur le canapé du salon. Elle se lève, et l'observe. On dirait un cadavre. Couché sur le dos, les bras près du corps, un oreiller derrière la nuque, le teint cireux. Ses cheveux sont humides. Il sent l'eau de Cologne.

PRINTEMPS

I

Adonis s'inquiétait quand sa fille disparaissait. Certains jours de printemps, Héra aimait s'isoler dans le sud de l'île, au lac «de la mer Morte», une étendue d'eau salée qui communique avec l'Adriatique via des grottes sous-marines. Adonis avait interdit à sa fille de s'y aventurer seule, mais elle n'en faisait qu'à sa tête; et il hurlait, chaque fois qu'il la voyait flotter sur l'eau, inerte : «Arrête de faire la morte, nom de Dieu!» Elle restait là quelques secondes sans bouger, puis tournait la tête vers lui, avant d'éclater de rire. Ça l'amusait de torturer son père, c'était presque devenu un jeu : «Le jour où tu ne viendras plus me chercher, c'est moi qui m'inquiéterai! répondait-elle. Une demi-heure de tranquillité, UNE DEMI-HEURE, c'est trop te demander?» Adonis savait que c'était absurde, mais l'angoisse de perdre sa fille était plus forte que tout; il n'avait plus qu'elle. Alors il la priait de sortir du lac, une serviette à la main, et la regardait s'essorer les cheveux tête en bas, en appuyant du sommet du crâne jusqu'aux pointes pour faire s'écouler l'eau, avant de les nouer en une couette enfantine. Ce geste, pourtant si banal, le fascinait. Il savait qu'un jour sa fille s'en irait : le jour où elle remplacerait la couette par un chignon savamment noué, le jour où son adolescence s'évanouirait, comme les gouttes de pluie s'effacent sur les galets.

II

Pour l'anniversaire d'Hugo, Laurent a prévu une sortie dans une grande enseigne de jardinage. Agathe s'est levée à onze heures, ce qui est chez elle la marque d'une excitation extrême. Elle porte une robe bustier jaune. Il a sorti la voiture du garage. Une vieille Alfa Romeo qu'il garde précieusement à l'abri du vent, de l'humidité, et de la route. Mais aujourd'hui, toute la famille a le droit de faire un tour, parce que c'est l'anniversaire d'Hugo. En fond sonore, de la mauvaise musique folk. Laurent ne tolère la musique américaine qu'en voiture. Héra l'observe dans le rétroviseur. Elle l'observe beaucoup ces derniers temps. Plus d'un mois s'est écoulé depuis l'épisode de la filature. En réalité, la poursuite continue. La jeune femme sursaute à chaque grincement de porte, toutes les nuits, et s'approche de la chambre à coucher pour entendre son souffle, s'assurer qu'il est toujours là, qu'il dort.

Parfois, lorsqu'il part au travail, elle le regarde s'éloigner par la fenêtre, en espérant le surprendre en flagrant délit de mensonge. Elle s'est imaginé des histoires abracadabrantes... Elle a pensé que son oncle était un espion, travaillant pour le compte d'une multinationale aux méthodes peu recommandables. Fait intrigant : Laurent avait menti à Agathe le lendemain matin. Pourtant, celle-ci ne lui avait rien demandé.

Héra croise son regard et détourne la tête. Le parking est vide, mais son oncle se gare loin de l'entrée, ce qui fait soupirer sa femme. Elle descend de la voiture la première, lèvres pincées, suivie de près par son fils.

À l'intérieur du magasin, l'enfant dépasse rapidement les rayons qui ne l'intéressent pas : les tables et chaises de jardin, en bois, résine ou aluminium, les barbecues, les amphores, les jarres, les bacs à compost, les cyclamens, les hibiscus, les pétunias. Agathe suggère à son fils un «petit laboratoire de l'herboriste», qui lui permettra de découvrir et de soigner un mini-jardin de plantes aromatiques. Laurent milite, lui, pour un «kit d'archéologie». Hugo ne prête pas attention aux idées de ses parents, et fonce à l'animalerie, un endroit formidable où les animaux sont bien vivants, eux. Les parents ont prévenu : «Pas de chien, ni de chat.» Le fils a alors jeté son dévolu sur un tout petit hamster, qui ne fera ni bruit ni gros dégâts. On a acheté une cage, avec une roue et des tubes transparents. Reste à lui trouver un prénom. Laurent propose «Gilgamesh», du nom d'un roi de Mésopotamie, héros de la plus vieille épopée de l'humanité. Agathe n'est pas d'accord :

— Ce n'est pas du tout un nom de hamster !

— Pourrait-on avoir ta définition du parfait «nom de hamster»? Non? Alors, ce sera Gilgamesh, un point c'est tout, lui rétorque son mari.

Hugo intervient :

— Et si on l'appelait Napoléon?

Laurent fait la moue.

— Napoléon, Napoléon, bon... après tout... c'est TON hamster.

Il ne dit plus rien du trajet, un peu contrarié de ne pas avoir été soutenu par son fils.

«Napo», comme le surnomme désormais Hugo, est un hamster joueur et indiscipliné. Dès le premier jour, il réussit à s'enfuir et à se réfugier sous le frigidaire. Hugo l'appelle pendant des heures : «Napo! Allez Napo, sors de là!» jusqu'à ce que l'animal montre enfin son museau, à la faveur d'un morceau d'emmental. Avec ses petites pattes, il s'empare du bout de fromage et commence à le ronger. Héra ne le quitte pas du regard. Elle approche sa tête.

Napo s'interrompt dans son grignotage, et lève les yeux vers elle quelques secondes. Héra lui sourit. Puis se fige. Ça y est, elle se souvient.

III

Héra dépose sa lettre dans le premier tiroir du bureau de sa tante, après une dernière hésitation :

Chère Agathe,

J'aurais pu vous parler de vive voix, mais je n'aurais pas su quoi vous dire. La lettre est plus lâche, certes. Mais lorsqu'il s'agit de peser chaque mot, chaque phrase, il vaut mieux écrire ; car ce que j'ai à vous avouer n'est pas facile. J'ai longtemps pensé que ce n'était pas mon rôle. Cent fois j'ai déchiré cette lettre, cent fois je l'ai recommencée. Mais ce que j'ai vu a déclenché chez moi une forme de compassion... Je ne pouvais pas rester là, à ne rien faire, à faire semblant ; je me suis dit qu'à votre place j'aurais aimé savoir.

Il y a quelques semaines maintenant, j'ai aperçu Laurent devant un bar dans lequel je me trouvais. Il était environ une heure du matin, et il était accompagné d'un très jeune homme qu'il m'a semblé avoir déjà vu quelque part.

J'ai eu du mal à m'en souvenir, mais ce jeune homme, c'est Gabriel qui me l'avait présenté. Ce soir-là, il ne m'avait pas donné de détails sur la nature de leur relation, mais j'avais bien compris... Le genre de relation « ambiguë ». Moi je n'ai pas posé plus de questions : la vie privée est la vie privée. Les mois ont passé depuis, et je n'ai jamais revu ce jeune homme en mal de repères. Votre mari était pour moi au-delà de tout soupçon, à cette époque-là – et encore aujourd'hui, j'ai du mal à croire ce que mes yeux ont vu. Pourtant, l'heure indécente à laquelle votre mari est rentré cette nuit-là et tout un tas d'autres détails ont achevé de me convaincre. Je suis consciente que ma lettre va certainement vous bouleverser – et j'en suis profondément désolée – mais sachez que je serai là pour vous soutenir dans cette épreuve qui s'annonce difficile...

Héra

Les jours suivants, elle est étonnée de n'observer aucun changement dans l'attitude d'Agathe. Elle n'a peut-être pas encore trouvé la lettre. Chaque matin, elle regarde le visage de sa tante avec appréhension. Mais Agathe reste la même. Souriante, un peu ailleurs, puis fermée, inexpressive. Le cycle de ses humeurs ne connaît pas de variations. Héra pense alors qu'elle a dû jeter le mot, sans même l'ouvrir, ou alors qu'elle n'a rien voulu savoir.

Mais une semaine plus tard, Héra est convoquée dans la chambre du couple.

Laurent, assis au bord du lit, tient dans la main une enveloppe. Agathe est en retrait, adossée au mur.

L'oncle s'adresse à Héra :

— Tu sais pourquoi nous t'avons fait venir ici, n'est-ce pas ?

Elle répond :

— Oui, je crois que oui.

Il poursuit :

— Et tu n'as rien à dire ?

— C'est un procès ? lance-t-elle. Je ne suis pas responsable.

— Pas responsable ? Pas responsable ! Et c'est ma faute peut-être ?

Héra reste bouche bée.

— C'est ma faute ? répète l'oncle.

— Ben...

— Oui, tu as raison, c'est ma faute. Je n'aurais pas dû te faire confiance ! C'est notre faute, à ta tante et à moi. Tu as parfaitement raison.

— Je ne comprends pas...

— Oh, mais je vais te rafraîchir la mémoire ! Heureusement que ta tante m'a alerté cette semaine, sinon je me demande jusqu'où tu serais allée...

Laurent continue :

— Tu crois que je suis la Banque de France ? Une vache à lait ? Un citron, que tu peux presser chaque jour un peu plus ? Des chapeaux, des sacs à main, des cocktails en terrasse... Tu mènes une vie d'héritière, de parasite ! Même Hugo, tu ne t'en occupes plus. Pire ! tu t'en occupes mal. Tu n'as pas honte ? Nous avons longuement discuté ta tante et moi. Nous t'avons donné un toit pendant quelques mois, le temps que tu t'acclimates à la vie parisienne. De ce point de vue-là, tu as surpassé toutes nos attentes... Alors nous pensons, ta tante et moi, qu'il serait souhaitable que tu t'en ailles. Tu as désormais tout un réseau d'amis qui sauront t'héberger jusqu'à ce que tu gagnes de quoi vivre.

Agathe ne dit pas un mot. Héra s'exécute, et quitte l'appartement le soir même. Une fois dehors, elle lève la tête et aperçoit sa tante qui l'observe par la fenêtre. Ses yeux ont viré au noir. Autour de son cou, une rivière de perles du Japon.

Héra comprend qu'Agathe savait déjà tout, bien avant sa lettre.

Et après ? Un couple n'est pas une équation, il est déséquilibre, injustice et taches de sang dans les draps. Il est ce collier qu'on déteste mais dont on vérifie qu'il est toujours dans son écrin. Quel orgueil... d'avoir cru que TOI, tu pourrais... briser un silence ?

Hugo, son hamster dans les bras, rattrape Héra dans la rue. Il la serre fort, et la couvre de baisers.

— Tu m'emmènes ?
— Je ne peux pas.
— S'il te plaît... Héra... s'il te plaît, ne me laisse pas seul.

— Je ne peux pas, Hugo...
— Prends Napo alors !
Héra s'agenouille...
— Mais enfin, tu vois bien que j'ai déjà du mal à m'occuper d'un petit garçon comme toi... Qu'est-ce que je vais bien pouvoir faire d'un hamster ?
— Prends-le, s'il te plaît. Sinon, tu vas m'oublier. Tiens, je le laisse là. Au revoir Napo !

Hugo embrasse l'animal, le dépose à terre... et s'enfuit en courant vers l'appartement.

M. Quentin sort de sa boutique à ce moment précis. Il fixe de ses deux yeux brillants la jeune fille qui s'éloigne, valise à la main. Puis sourit.

Ne pars pas trop loin, ma belle.
L'heure est proche.

IV

EXTRAIT DU JOURNAL D'HÉRA

Ça fait maintenant un mois que je vis chez Gaby. Lui seul a accepté de m'héberger. Bon, ce n'est pas l'idéal, mais ça me va pour l'instant. « Tu peux rester autant que tu voudras », il m'a dit. En même temps, il se doute bien que je ne vais pas rester ici pendant des mois.

Avec Hugo, on est loin l'un de l'autre maintenant, mais sa mère a fini par accepter – après des semaines de négociations – de me le confier les mercredis après-midi, au moins jusqu'aux vacances d'été, après on verra. C'est déjà ça.

Après mon départ, il arrivait que personne ne vienne chercher Hugo à la sortie de l'école. Il attendait, dans la cour... puis finissait par rentrer seul. Gabriel s'en était inquiété et avait proposé aux parents de le déposer après la classe : « On sait jamais... une mauvaise rencontre... » Les parents ont accepté – il faut dire que ça les arrangeait bien.

La première fois que j'ai retrouvé Hugo, je

l'avais attendu devant son école pour lui faire une surprise. Quand il m'a vue, il s'est mis à pleurer d'un coup. Je l'ai pris dans mes bras et l'ai serré très fort contre ma poitrine. Je sentais ses yeux humides et chauds dans mon cou. Gabriel m'a dit qu'Hugo avait changé, qu'il s'était «renfermé» depuis mon départ. C'est ce que j'ai remarqué aussi; quelque chose ne va pas. Au début, j'ai cru que ça lui passerait...

J'avais prévu une petite promenade en forêt, au milieu des rochers. Il a avalé son pique-nique en cinq minutes, avant d'empoigner les prises, les unes après les autres, pour arriver tout en haut du plus haut bloc. Je l'ai supplié de faire attention, mais il continuait d'escalader la paroi à la vitesse d'une araignée, s'assurant d'un œil que j'étais bien concentrée sur son exploit. J'ai dû hurler pour qu'il daigne descendre de là, paniquée à l'idée qu'il tombe. Il m'a répondu que je ne devais pas m'inquiéter pour lui, qu'il n'était plus un enfant, et bien d'autres choses encore, tout en essuyant dans l'herbe ses chaussures pleines de terre. À ses pieds, un gros escargot à coquille brune avec de larges bandes jaune pâle.

Hugo le fait monter sur ses petites mains, et s'amuse à appuyer sur une antenne, puis sur l'autre pour les raccourcir l'une après l'autre, puis les deux en même temps, jusqu'à ce que ses doigts soient trempés de bave. «Miam miam, tu veux goûter?» et voilà qu'il plaque sa main sur ma bouche : «Beurk! C'est répugnant Hugo, bouge de là!» Il éclate de rire d'un coup, d'un rire détonant comme un coup de fusil. Ce rire, je ne l'avais jamais entendu auparavant. Il était puissant, sonore, nerveux, presque fou. Et ces larmes qui lui sont montées aux yeux pendant qu'il riait étaient des larmes de rage.

Le soir venu, nous sommes allés au théâtre. J'avais pris des billets pour une pièce comique, pensant que ça lui ferait du bien. Au lieu de ça, j'eus l'impression qu'il assistait à une scène d'horreur. Ses petits doigts me serraient si fort le bras que j'en ai sursauté de douleur. Plus tard, il m'a demandé des nouvelles de Napo, puis m'a murmuré qu'il ne voulait plus jamais retourner chez lui, dans son quartier, dans son école. Il m'a imploré de l'enlever, et de partir loin. Puis il a sorti son livre de géographie : il y avait entouré tous les pays où l'on pourrait vivre heureux. Évidemment, je lui ai répondu que c'était impossible. À un moment, j'ai cru qu'il voulait me dire autre chose, un dernier argument, mais il a refermé la bouche, et s'est tu jusque chez lui. Là, sans se retourner, il s'est laissé engloutir par la porte d'entrée de son immeuble qui m'a paru immense ce jour-là.

Je n'ai pas toujours été très présente pour Hugo, mais je crois que lui et moi on se comprenait. Peut-être souffrait-on, tous deux, du même mal. Nous vivions dans la même nostalgie d'un passé enchanté. La même nostalgie d'une île.

V

Sur les conseils de Gabriel, Héra avait entamé une série de photos sur les nuits parisiennes.

Elle avait pris de l'assurance, et son travail s'en ressentait. Mais ce projet l'épuisait. Héra sortait sans cesse, pour recommencer, et recommencer. S'améliorer, encore et encore... sans parvenir, jamais, à en tirer une quelconque fierté. Elle enrageait de sa médiocrité, de son absence de talent. Ses photos précédentes, elle les aimait comme on aime un souvenir, avec tendresse et nostalgie. Avec cette série, pour la première fois, elle expérimentait la violence de l'art. Pour la première fois, elle s'était donnée tout entière. Elle y avait mis sa colère, ses hésitations et ses contre-jours. Plus important encore, elle y avait gravé son regard sur le monde. Et on ne doute jamais autant que lorsqu'on met son cœur en jeu.

Son projet était simple : montrer que les nuits parisiennes n'avaient plus grand-chose à voir avec celles des années 80.

Les nuits ne faisaient plus peur.

La tristesse y était plus profonde, car l'urgence de vivre avait disparu.

La lumière des smartphones avait remplacé celle des stroboscopes.

Les bras étaient suspendus à la recherche de réseau.

Les cigarettes, fumées à l'extérieur des boîtes.

Les adresses, enregistrées à l'avance.

Les boissons, plus sucrées qu'alcoolisées.

Les amis, toujours les mêmes.

Les amants, plus tellement.

Le sexe, protégé.

Et pourtant, Héra aimait cette nuit-là. Car face au culte de la vie saine, culte dicté depuis quelques années par une poignée de pimbêches qui prennent en photo leur salade, vivre la nuit était – plus que jamais – une forme de résistance. Une résistance timide, certes. Mais ne sous-estimons pas la dictature du sommeil, orchestrée par le lobby des oreillers et des blogueuses beauté. Vivre la nuit, c'était dire oui à la peau sèche, aux cernes et aux rides sous les yeux. Héra était obsédée par cette nuit en demi-teinte, sans relief, à la fois mélancolique et pitoyable.

Elle avait photographié, un jour, des noctambules éphémères. Étudiants en médecine, qui, après des années de placard, s'autorisaient enfin une sortie. Ils portaient des blouses de laboratoire taguées au rouge à lèvres. Après avoir dépensé des centaines d'euros en bouteilles de whisky, vodka, Coca, ils s'étaient rassemblés place Saint-Michel, avec la ferme intention de «commencer leur vie». Rien que cette intention, et l'énergie qu'ils mettaient à faire du bruit, à boire trop vite, et à rire trop fort, rendaient la scène pathétique.

Héra s'était fondue dans le groupe, au moment où les garçons de deuxième année avaient lancé un jeu : «Acheter aux enchères les filles de première année». Ils sortaient de vrais billets de banque de leur poche, et ça les amusait :

— Pour Marine, je propose vingt balles. Parce qu'elle a des gros lolos. Qui dit mieux? Personne? Vous déconnez... Sonia, elle a pris trente... Alors qu'elle a un appareil dentaire!

— Ouais, mais Sonia... elle couche.

Cinq filles participaient au jeu, alignées au milieu de la place. Autour d'elles, des étudiants filmaient la scène pour leurs réseaux sociaux. Marine, queue-de-cheval parfaite et teint hâlé, s'avança et souleva son polo pour que Jean-Julien lui glisse un billet dans le soutien-gorge. Jean-Julien hésita. Il n'avait pas très envie de le faire. Elle lui lança un regard de mépris, et lui hurla au visage :

— Tu casses l'ambiance, Jean-Ju!

Héra captura le regard passablement éméché et autoritaire de l'étudiante, le jeune garçon rabroué comme un enfant, avec son chapeau ridicule et son billet dans la main, tous deux éclairés par les seuls flashs des téléphones.

Un autre jour, elle avait observé les habitués d'une boîte à la mode. Ce n'étaient plus les nuits fauves et les gueules cassées, mais les filles à la frange rectiligne, manucurées, les coquets garçons «cokés». De jeunes journalistes de télévision venaient y tester leur notoriété. C'était à qui se ferait le plus remarquer. Systématiquement, les filles allaient vers Rémy, le plus célèbre des trois parce qu'il était reporter de guerre. Rémy n'avait ni barbe, ni muscles, ni cheveux longs, mais il était allé deux fois au Liban, ce qui suffisait à faire de lui le mâle alpha de la meute. Cette sortie gonflait leur ego, à tous. Jamais, avant qu'ils n'apparaissent à l'écran, les femmes ne s'étaient intéressées à eux. Désormais, ils attiraient les regards, entendaient des murmures, des chuchotements sur leur passage, comme autant de promesses de rencontres. Et bien qu'ils fissent semblant de ne pas y prêter attention, ils sortaient fumer, bière à la main, pour le plaisir de traverser la boîte en sens inverse.

Héra avait remarqué l'un d'eux, un maigrichon en bras de chemise, tandis qu'il badinait avec une femme plus âgée. Cette dernière n'avait aucune idée de qui il était... et par conséquent, il devait déployer une énergie considérable pour la séduire, lui payant des verres de champagne, lui offrant des cigarettes. Héra prit en photo l'instant où le jeune homme lui passa le bras autour du cou, et se pencha pour l'embrasser. Cet élan juste avant le baiser qu'il voulait lui donner. Se laisserait-elle faire ? Le repousserait-elle d'une gifle ? Ou tournerait-elle la tête, l'air de rien ? Cet « instant d'avant » sur un trottoir à la sortie d'une boîte, éclairé par les néons de la devanture, était une photo en noir et blanc. Elle illustrait combien les nuits d'aujourd'hui étaient désespérantes d'artificialité, et à la fois touchantes, par moments.

VI

Un matin qu'elle classait ses photos, Héra le reconnut sur l'une d'elles. Il était adossé à une voiture, dans une station-service. La jeune femme avait photographié la voiture pleins phares, au premier plan, et n'avait pas fait attention à la silhouette juste derrière. Ce n'était qu'une ombre juvénile et maigrichonne. Mais à la manière dont il se tenait, elle n'avait aucun doute. Comment avait-elle fait pour le photographier sans le voir? Cette question l'obsédait. L'homme semblait décidément appartenir à la nuit noire, comme ces formes mystérieuses et terrifiantes qui peuplent les films d'épouvante.

— Tu devrais organiser une exposition, dit Gabriel.
Elle s'assied près de lui sur le canapé du salon. Il fait défiler les photos sur l'appareil.
— Tiens, celle-là, par exemple. J'aime beaucoup la composition.
— La femme au premier plan est floue...

— Oui, mais c'est elle qu'on regarde. On dirait un cliché de Robert Frank.

— Moi, je n'en suis pas du tout satisfaite. Comme toute cette série sur les nuits parisiennes d'ailleurs... ce n'est pas bon du tout.

— Parce que tu es de plus en plus exigeante. J'adore regarder tes photos, moi...

— Eh bien, celles-ci, tu ne les trouveras plus. Et sinon... Tu étais au courant ?

— Ces photos sont excellentes, je t'assure. Et puis, ça te ferait gagner un peu d'argent. Tu sais, je ne pourrai pas t'héberger toute ma vie...

— Tu étais au courant ? Oui ou non ? Pour Laurent ?

— Je ne connais pas Laurent. Il m'a mis à la porte la première fois que je suis venu chez vous... Et puis on en a déjà parlé cent fois...

— Donc tu ignorais qu'il connaissait Sacha ?

— Qui ne connaît pas Sacha ? Tout Paris connaît ce type ! Me regarde pas comme ça. C'était une bêtise, je te l'ai déjà dit.

Gabriel veut lui donner un baiser sur la joue, mais elle le repousse d'un mouvement de bras.

— Très bien. Je te crois.

Au milieu de la nuit, Héra enfile son imperméable gris, et monte dans un taxi. Elle a envie de se perdre dans l'obscurité qui avance.

— La gare de l'Est s'il vous plaît.

— Y a plus de trains à cette heure-ci ! Vous voulez vous faire tuer ?

Héra hausse les épaules, et regarde à travers

les vitres embuées. La chaussée est inondée, et l'eau s'infiltre par vagues dans les bouches d'égout.

— Vous êtes bien mignonne en tout cas...

Le chauffeur l'observe dans le rétroviseur, et verrouille les portières.

— Vous voulez pas qu'on s'arrête chez moi plutôt? Vous serez plus au chaud qu'à la gare de l'Est hein...

Arrivé au feu, il se retourne et lui passe une main sur la cuisse. Héra se tait, le temps que le feu passe au vert, une éternité. Elle hésite un instant, puis s'approche de lui, et lui souffle dans le cou :

— ... Pourquoi attendre? On est bien dans ta voiture, non? Allez, viens...

Elle le tire par le col de sa veste, et baise son visage pendant qu'il conduit, ce qui le fait changer de file. La voiture se retrouve à contresens. Face à elle, un camion, pleins phares. À la dernière seconde, le chauffeur de taxi braque le volant, et évite l'accident.

— Espèce de foldingue. Dégage de là, salope.

Héra sort de la voiture, et trébuche contre le bitume. Elle rampe jusqu'au trottoir, tremblante. Elle a perdu son porte-monnaie dans le taxi. Elle n'a d'autre choix que de finir à pied, et arrive à la gare de l'Est, ruisselante. Des adolescents zonent sur le parvis. Elle enfonce sa capuche sur sa tête, et court jusqu'à l'arrêt de bus. Là, un homme maigre et boursouflé de cicatrices se roule un joint. Héra le reconnaît. Quelques jours plus tôt, elle l'a photographié dans d'autres circonstances : il regardait la télévision dans un bar du quartier, branchée toute la nuit sur une chaîne d'info en continu...

Il la salue et lui demande ce qu'elle fait là.

— Je cherche Sacha.

L'homme interpelle ses amis, qui forment un groupe à l'entrée de la gare :

— Hé les mecs, la p'tite nana là, elle cherche Sacha !

Ils explosent de rire. Puis l'homme aux cicatrices reprend :

— Mais bébé, t'es pas tellement son genre tu sais...

Les rires repartent de plus belle. Un type assis en tailleur, bière à la main, se met à brailler :

— Moi je peux me dévouer si elle veut !

— Ouais moi aussi, et gratos ! répond un clochard, l'œil à moitié ouvert.

— Laissez-la tranquille.

La voix est calme et grave, presque sensuelle. Une voix qu'elle n'a jamais entendue. Héra se retourne, et reconnaît ce visage, ces joues creuses. Il s'adresse à elle avec douceur :

— Vous êtes bien courageuse. S'aventurer à la gare de l'Est à une heure pareille... j'imagine que vous avez une bonne raison.

— Oui. Ou plutôt non, je ne sais pas trop.

— Venez avec moi. Il n'y a pas que les murs qui ont des oreilles ici. Il y a les abribus, les trottoirs, et même les arbres.

Derrière un buisson, un couple d'amants suspend son étreinte.

Héra suit Sacha dans la rue. Il la précède de quelques pas, le visage bas, et se dirige vers un porche qui abrite une porte en bois sculptée, semblable à l'entrée de certaines basiliques. Le Christ trône au centre de la composition, bras écartés, et dans les contours de la voussure, les Apôtres portent le cercueil de la Vierge. Sacha sort de sa poche une grosse clé en fer, et ouvre les deux battants dans un grincement. La porte donne sur une cour sombre, dans laquelle s'élève un escalier en colimaçon. Tout en haut, des chambres. Au 104, il sort une autre clé de sa poche, toute petite, en métal, et allume une lampe de chevet à l'entrée :

— Voilà, bienvenue chez moi.

C'est un studio minuscule. Un réchaud électrique fait office de coin cuisine. Le carrelage au sol est vieux, fissuré, mais il sent le propre. Elle s'assied sur le lit, qui sert de canapé. Sacha a aménagé un salon avec les moyens du bord. Une chaise en osier retapée et repeinte en gris, devant une table en bois sur laquelle trône un bouquet de lilas. Le jeune homme apporte une tisane à Héra, et l'invite à s'asseoir près de lui.

— Faites comme chez vous. Vous savez, je me doutais que vous viendriez.

— Comment ça ?

— Je me souviens de notre rencontre, au Petit Palais. Et puis un soir, plus tard, vous m'avez suivi…

— Vous le saviez et vous n'avez rien dit ?
— Garder des secrets, c'est mon métier.

Le jeune homme se tait un instant puis se lève.

— Je suis très impoli. Je ne vous ai rien proposé à manger.

Il ouvre son frigidaire et en sort une magnifique tarte aux pommes :

— J'adore cuisiner.

— Vous êtes une vraie grand-mère, ironise Héra.

— J'essaie seulement de rendre la vie plus douce. Et les gâteaux font partie de la cure. Mais maintenant que vous êtes bien installée, dites-moi ce qui vous amène.

— Je voudrais des informations sur Gabriel.

Sacha hésite un instant, puis répond, un sourire en coin :

— Vous savez, je ne suis pas la bonne personne pour ça...

— Mais vous l'avez fréquenté. Vous savez forcément des choses sur lui, sur sa vie.

— J'ai une question. Vous habitez où ?

— Chez lui justement, mais je ne vois pas le rapport.

— Vous habitez chez quelqu'un en qui vous n'avez pas confiance ?

— Si.

Elle réfléchit quelques instants puis se reprend :

— Peut-être pas en fait, non. Il me ment.

— On n'accourt pas dans une gare à trois heures du matin parce qu'un homme ment. Ou alors... vous n'allez pas beaucoup dormir le reste de votre vie...

— Le jour où nous étions tous les trois au restaurant, il a dit que vous étiez partis ensemble en Corse... C'était faux, n'est-ce pas?

— Bien sûr que c'était faux.

Sacha allume une cigarette. Il semble prendre un malin plaisir à jouer aux devinettes.

— Et son agrégation de philosophie... alors qu'il enseigne dans une école primaire...

— Ah ça, il l'a bien eue son agrégation, je vous le certifie. On s'est connus peu de temps avant sa remise de diplôme. C'était il y a six ans, déjà... Il cherchait quelqu'un pour l'accompagner à sa soirée de fin d'études. La plupart de ses camarades de classe étaient au bras de jeunes femmes comme vous. Pas lui. Lui, il voulait que ce soit moi.

— Il préfère la compagnie des hommes, c'est ça?

Sacha fait la moue, comme s'il lui était difficile de répondre par oui ou par non :

— On va se tutoyer. Et je vais te raconter une histoire. À dix-huit ans, après une courte expérience de mannequin, j'ai été recruté pour l'été comme barman au Machu Picchu. Tu connais? Le Machu Picchu, c'était la boîte de nuit à la mode, la plus chic, un endroit ultra sélect – le Berghain à côté c'est du pipi de chat –, impossible d'y entrer à moins d'être dans le top cent du classement Forbes ou une star hollywoodienne. Même Juliette Binoche s'est fait recal, c'est dire. Bref. Au

Machu Picchu, il y avait un homme, un habitué. On me l'avait présenté comme un magnat de l'immobilier. Le genre à jouer au Monopoly avec des vrais billets de banque. Je ne te cite pas son nom, de toute façon ça ne te dirait rien. Cet homme arrivait tous les samedis à la même heure, vingt-trois heures pile. On l'appelait «l'horloge suisse» à cause de ça et des montres massives qu'il portait au poignet. Mais cet homme avait une autre particularité : il était accompagné chaque fois d'une femme différente. Toutes très belles, vêtues de robes somptueuses. Elles étaient ses bijoux à lui, qu'il montrait et embrassait à pleine bouche au milieu de la boîte. Et puis un jour, il a débarqué seul à la fin de mon service. Il était pratiquement sept heures du matin. Il m'a proposé de faire un tour : j'ai accepté. C'est comme ça que tout a commencé pour moi.

— Je ne comprends pas où tu veux en venir...

— J'y viens, j'y viens ! L'Horloge suisse, c'est un cas plutôt classique, l'homosexuel qui n'assume pas son penchant et qui paye des filles pour faire bonne figure en société. Certains vont jusqu'à se marier... comme Laurent, ton oncle. Tu sais, les hommes mariés qui trompent leur femme avec moi sont légion, et j'ai vu bien des menteurs professionnels. Mais Gabriel, c'est encore une autre catégorie.

— Comment ça, «une autre catégorie»?

— Il ne m'a jamais touché. Il me payait pour s'afficher avec moi... un peu comme s'il voulait... se faire passer pour un homme qui aime les hommes. Et ça, je dois dire que c'est assez exceptionnel.

— Mais ça n'a pas de sens !

— Je ne peux rien te dire de plus. Tu voulais des infos... je t'ai raconté tout ce que je sais.

Héra sort déçue de l'appartement. Elle décide de rentrer à pied pour réfléchir. Les paroles de Sacha sont comme les pièces d'un puzzle qu'elle ne parvient pas à assembler. Tout cela lui paraît incohérent. « Se faire passer pour un homme qui aime les hommes... »

VII

Cette nuit-là, Édouard Quentin avait sorti sa bible du premier tiroir de son bureau, et avait lu à voix haute un passage de l'Évangile :

> *La convoitise de la chair, la convoitise des yeux et l'orgueil de la vie ne viennent pas du Père mais du monde, or le monde passe… mais celui qui fait la volonté de Dieu demeure éternellement.*

Puis il avait glissé entre les pages son marque-page : un dessin du visage d'Héra, à l'encre noire.

VIII

Gabriel avait aménagé son appartement pour pouvoir accueillir un maximum de monde.

Il avait invité quelques bons amis, triés sur le volet, des voisins du quartier, seulement les plus chics, des «influenceurs» du monde de l'art, et le couple Henri, par courtoisie, comme ils apparaissaient sur l'une des photos. Tenue de soirée exigée. Gabriel avait déplacé les meubles, le canapé, la télé, et décroché ses tableaux. Depuis plusieurs semaines déjà, il réfléchissait à sa surprise pour les vingt-deux ans d'Héra : une première exposition, qui l'aiderait à se faire connaître.

Et il s'était donné du mal. Il avait préparé des petits fours, acheté des boissons, et passé l'après-midi à accrocher aux murs les travaux de son amie – enfin, ceux qu'il avait trouvés : les photographies des paons, et quelques photos de Paris, en vrac. Les photos les plus récentes – celles des nuits parisiennes –, Héra les avait bien planquées.

À la fin, tout était comme il l'avait imaginé. Une vraie petite salle d'exposition. Du jazz, des bougies. Et des coupes de champagne posées sur le buffet, que les invités attraperont d'une main, dans quelques minutes, avec cette nonchalance réservée aux sorties culturelles.

Car avec l'art, il faut prendre son temps. Il faut picorer des graines, tout en hochant la tête devant chaque œuvre, comme si on y comprenait quelque chose. Il faut avancer en crabe, ne pas virevolter, ne pas trop s'approcher et, surtout, ne rien toucher. De temps à autre, on peut chuchoter. Des choses. Et d'autres. Employer des mots, comme on emploie un voiturier. À l'heure. Ces mots-là, ils sont réservés au temps suspendu des expositions. Ce sont des mots soignés, des mots recherchés, des mots qui correspondent aux attitudes – distinguées, toujours – des hommes et des femmes qui adorent les «vernissages». «Non, ce soir on ne peut pas venir dîner, on est invités à un vernissage.» Quoi de plus raffiné? Leur masque social retrouve de sa brillance, le temps d'une représentation. Ils s'exposent. Ils sont l'art. Cet art qui marche, qui parle, et qui, en contrepoint, ne rend les peintures murales que plus vivantes. Dans quelques heures, ce couple d'amateurs d'art ira se coucher dans son grand appartement lustré. L'homme déshabillera sa femme. La fera rouler sur le lit d'une main. Lui claquera la fesse droite, comme on dresse un cheval. Et entrera en piste, sans même prendre la peine de retirer son pantalon et ses chaussures. Sans se soucier des pleurs étouffés dans l'oreiller.

Parce qu'il y a quelques heures, ils étaient invités à un vernissage, avec des petits fours qu'ils attrapaient du bout des doigts, des bonnes manières, et ce petit air précieux et délicat qui cache à merveille les cris non autorisés des épouses profanées.

— Chercher à expliquer, c'est trahir un peu, non?

Les deux premiers invités viennent de faire leur entrée. Lui, psychologue à la retraite, regarde chaque photo en essayant de l'interpréter. Il n'a peut-être pas tort. Mais sa femme n'est pas d'accord :

— Chercher à expliquer une œuvre, c'est manquer son sens profond, tu ne crois pas?

Elle, c'est l'une des collègues de Gabriel. Le genre d'instit avec des lunettes colorées et des vestes en patchwork. Très petite, dynamique, avec des cheveux très courts.

— Je veux dire... tu passes forcément à côté.

— Oui oui, répond-il sans grande conviction... Mais quand même, tu ne trouves pas que cette photo, cette enjambée, au-dessus d'un réverbère... tu ne trouves pas qu'elle a une dimension...

— Phallique?

— Mais oui! Comment le sais-tu?

— Trente-sept ans que tu ne penses qu'à ça...

Derrière eux, deux influenceurs. Des jumeaux : Paolo et Roberto. Barbus, avec la même chemise de bûcheron déchirée sur le côté. À eux deux, ils comptent près de 700 000 abonnés sur les réseaux sociaux. «Ça leur donne le droit de mal s'habiller», explique Gabriel à ses amis, qui lui demandent pourquoi l'injonction «tenue de soirée exigée» ne s'applique pas à tout le monde. Paolo et Roberto photographient les photos de paons, puis se photographient chacun leur tour devant les mêmes photos de paons, puis s'en vont : «Désolé les gars, on a une autre soirée. C'était cool. Thanks.»

Au moment où ils sortent, un couple rejoint le salon. Elle, est mannequin. Lui, photographe. Ils ont rencontré Gabriel la veille dans un bar branché du VIe. Le genre de couples à l'aise partout, trop à l'aise. Ils se bécotent à pleine bouche au milieu des invités.

Près du buffet, M. et Mme Henri, les pharmaciens de la rue des Carmes. M. Henri a ressorti son costume de mariage – car il n'en a pas d'autre – et il est en grande discussion avec une rouquine d'à peine seize ans, tandis que son épouse s'empiffre d'amuse-gueules, d'olives, de biscuits salés et sucrés qu'elle plonge de ses doigts boudinés dans des sauces crémeuses, à toute vitesse. Elle n'a pas déjeuné à midi, parce que Gabriel leur a promis un grand buffet pour la soirée. Alors elle mange, et elle boit, s'enfile des coupes de champagne cul sec, une, deux, trois, avale, absorbe, telle une plante déshydratée... et, entre deux coupes, admire la seule photo qui l'intéresse, celle de son couple devant la pharmacie.

Des dizaines d'individus bigarrés se pressent ainsi autour des tables, certains échangeant leurs cartes de visite, d'autres dansant lascivement, et formant de petits groupes déjà bien éméchés. Personne n'est vraiment venu pour admirer les photographies d'Héra. À part cette jeune fille peut-être, au fond de la salle, qui scrute les œuvres une à une. «C'est certainement parce qu'elle est seule...», pense Gabriel, qui ne se souvient pas de l'avoir invitée, ni jamais croisée.

— Vous aimez ?
— Je ne déteste pas, sourit-elle, avec malice. Bon, il y a quelque chose d'assez fort, qui attire l'œil immédiatement. Je ne connais pas l'artiste, mais elle a du talent, c'est indéniable. J'aime beaucoup la photo du «couple Duchaussoy», dans leur salon. On dirait un tableau d'Edward Hopper, c'était sans doute l'intention, non ?

Et comme Gabriel est resté bouche bée, elle poursuit :

— Enfin, si je puis me permettre un petit reproche, il y a beaucoup de sensations, mais trop peu de sentiments.
— Vous avez l'air bien sûre de vous «si je puis me permettre». Vous êtes ?
— Désolée, je ne me suis même pas présentée.

Elle lui serre la main avec énergie :
— Héloïse Klein. Enchantée. Je viens d'emménager au cinquième étage. J'ai vu votre petit mot dans l'ascenseur... Très sympa d'ailleurs. Mais je ne vais pas m'éterniser...

— Si, au contraire! Éternisez-vous. Vous êtes la seule qui semble s'intéresser un tant soit peu à l'exposition, alors vous m'êtes précieuse ce soir...

— Mais qui est l'artiste?

— C'est moi!

Ils sursautent. Héra vient de surgir.

— Artiste, c'est un bien grand mot! Mais vraiment, Gabriel, ça me touche... toute cette organisation... et puis, je n'avais jamais vu mes photographies accrochées comme ça... ça change tout...

— Vous pouvez être fière de vous, répond la jeune fille, un peu gênée.

Héra sent son trouble. Il lui arrive de plus en plus souvent de sentir le pouvoir qu'elle exerce sur certains êtres. Une autorité naturelle, animale.

— C'est vrai? Ça vous plaît?

— Oui. J'étudie aux Gobelins vous savez... la photographie justement... vous maîtrisez assez bien la technique pour la détourner. Vraiment, vous travaillez le grain, la matière, les reliefs, je trouve ça prometteur.

— Mais?

— Je n'ai rien dit d'autre.

— Quand on fait tant de compliments, c'est qu'il y a une contrepartie. Allez-y, parlez.

Héra croise les bras. Son visage est fermé. Elle fixe la frêle jeune fille, prête à lui sauter à la gorge. Héloïse cherche du soutien auprès de Gabriel, qui détourne le regard.

— Bon, très bien. Je trouve qu'il manque de la sincérité. Ou quelque chose dans ce genre. Je sais pas moi, un peu plus de passion peut-être... Vos photos des paons sont sans doute les plus réussies, parce qu'on sent que vous avez aimé les photographier. Mais la photo de la boutique de bonbons... on ne ressent rien. Aucune émotion, rien.

— Je fais de la photo, pas de la télé. Et d'ailleurs, pourquoi s'abandonner? Le monde n'est pas si sympathique, vous savez... Gabriel, allons saluer les autres invités, tu veux?

Elle adresse un sourire à la voisine puis tourne les talons, en tenant son ami par le bras. Ils se dirigent ensemble vers le salon, lieu-dit des compliments sans contrepartie. Pas tout à fait gratuits, il en aura coûté quelques bouteilles de champagne, mais comme c'est agréable! Mme Henri slalome entre les invités, les joues rosies par l'alcool. Elle surveille de loin son mari, toujours en grande discussion avec la rouquine. M. Henri se tourne vers Héra, l'œil lubrique : «C'est la meilleure exposition que j'aie jamais vue!»

Les amis de l'Entracte sont venus. Ulrich, et les autres. Tout ce petit monde, qui tournoie dans l'appartement, et s'enlace, et parle fort; tout ce petit monde bien habillé, qui juge les photographies les unes après les autres, et s'en détourne dès que Gabriel leur tend une coupe.

Mais soudain, les cris deviennent des chuchotements.

Les verres ne trinquent plus.
Un homme vient d'entrer dans l'appartement :

George Klein.

IX

George Klein était l'un des marchands d'art les plus célèbres de la capitale, bien qu'il soit malvoyant.

Il possédait des toiles de maître par dizaines, qu'il exposait dans sa galerie, au rez-de-chaussée de son immeuble. Des œuvres rares du peintre abstrait néerlandais Piet Mondrian, des dizaines d'aquarelles de Hans Hartung, son artiste favori, qui avait pour particularité de savoir dessiner les yeux fermés.

Dans sa collection d'art moderne, soixante-dix-sept œuvres de Picasso qu'il avait acquises en vendant des toiles impressionnistes de Cézanne et d'Armand Guillaumin, lesquels avaient été des amis proches de son grand-père. Ils s'étaient connus tous les trois à l'Académie suisse, et n'avaient cessé ensuite de peindre ensemble sur les bords de Seine, jusqu'à ce que Frederick Klein se tourne vers la peinture figurative. Plus tard, c'est lui qui éduquerait son fils, puis son petit-fils, George, à la beauté car il possédait des toiles, cadeaux de ses illustres amis, et avait ainsi pu constituer au fil des années un véritable musée, dans sa maison bavaroise.

George, lui, n'avait pas le talent de son grand-père, mais tous lui reconnaissaient un sens aigu du commerce et un flair sans pareil pour repérer et valoriser les artistes sur le marché de l'art. Ce flair, il l'avait développé en arpentant les galeries de Paris et New York, et cette expertise, acquise au fil des ans, lui promettait déjà un grand avenir. Mais à l'âge de vingt-sept ans, George avait perdu une partie de sa motricité : un arbre eut la mauvaise idée de se mettre en travers de sa route, tandis qu'il pilotait une voiture de collection. Le flambeur y laissa quelques plumes et son œil droit, bientôt suivi du gauche, diminué à soixante-dix pour cent. Pour son père, cet épisode devait mettre fin à tout espoir de voir son fils reprendre l'entreprise familiale.

C'était mal connaître le jeune homme : trente ans plus tard, George avait fait de la petite galerie provinciale l'une des maisons les plus réputées du monde. Quant à son handicap, loin de le desservir, d'aucuns disent qu'il a joué un rôle fondateur dans la renommée des désormais célèbres Klein Art Shop de Paris et Berlin.

À cinquante-sept ans, George Klein n'a rien perdu de sa séduction. Il porte des costumes en flanelle de laine vierge qu'il fait venir de Londres, et des chapeaux en feutre. Ses yeux clairs restent désespérément flous mais il se refuse à marcher avec une canne : il préfère se tenir aux bras des femmes lorsqu'il lui faut descendre des escaliers, pour sentir leurs grains de beauté sous ses doigts. George n'a pas besoin de bien voir les tableaux, ni les femmes, pour saisir leur allure. Il ressent des vibrations, des ondes qui lui permettent de retracer les contours d'une toile ou d'un visage.

Il parcourt le salon, le nez en l'air, son assistante à son bras ; cette exposition ne lui inspire rien qui vaille.

— Ça me rappelle pourquoi je déteste autant la photo... cet art petit-bourgeois, grommelle-t-il, avec un fort accent allemand.

— Vous pouvez aller voir ailleurs, si ce n'est pas assez bien pour vous, monsieur Klein.

Héra se tient derrière lui, suivie de près par Gabriel.

— Mademoiselle «Héra», je suppose ? Ma fille Héloïse m'a parlé de cette exposition éphémère. Comme nous devions nous voir ce soir, j'en ai profité pour passer.

— Héloïse... qui vit au cinquième étage ?

— *Ja !* Une petite dinde, qui veut faire de la photo comme toutes les petites dindes.

— Vous m'insultez...

— Maintenant que les présentations sont faites, laissez-moi admirer vos «œuvres». Je me suis toujours assez peu intéressé à la photographie, mais je crois que ça m'amuserait d'accrocher dans ma galerie quelques photos d'une parfaite inconnue... ça ferait frétiller les journalistes, vous ne croyez pas ?

Perplexe, Héra se tait et le regarde faire. Il s'approche de chaque photo et semble la renifler. «Les Océans minuscules», photographie du saut au-dessus d'une flaque d'eau, lui fait marquer un arrêt : «Charmant le coup du réverbère qui se reflète dans l'eau... charmant, mais déjà fait non ? N'y a-t-il rien de plus laid que le noir et blanc ?» Il chemine dans le salon, puis se tourne vers un groupe de jeunes filles en robes du soir : «Et vous, vous pourriez faire moins de bruit ? L'éternel bavardage des femmes m'horripile. Comment ? Vous me trouvez misogyne ?» Devant l'air outré des jeunes filles, il poursuit, amusé : «Encore des mots, toujours des mots, comme dirait l'autre. Peu de femmes ont marqué le monde de la création et vous savez pourquoi ? Parce qu'il faut savoir se taire. L'art est une méditation, et la règle d'or de la méditation c'est le SILENCE !» Il replace son gilet croisé, et repart en quête d'un éventuel «je-ne-sais-quoi». La photographie suivante semble l'intéresser davantage. C'est «La Mort du paon». Une photo aux couleurs chatoyantes, immortalisant l'acte final d'une tragédie. Pendant plusieurs minutes, il s'approche et recule, fait des allers-retours en se grattant le menton. Ses mains viennent toucher le cadre en bois, il soupire bruyamment. Et termine par une dernière photo : «Le Monde merveilleux», la boutique de bonbons à l'ancienne. Il se tourne vers son assistante : «N'y a-t-il rien de plus laid que la couleur ?»

Héra en a assez entendu :

— Bon, vous n'aimez pas la couleur, vous n'aimez pas le noir et blanc, vous n'aimez pas la photo en fait, alors qu'est-ce que vous aimez au juste ?

— Mais le noir est une couleur. Le blanc est une couleur. Vous l'ignoriez ? Les couleurs sont les « bavardages » de l'art. Elles ne veulent rien dire... sinon il suffirait d'acheter des pots de peinture et des crayons de couleur pour s'autoproclamer artiste. Je me fous de la couleur, je la vois mal. Et les couleurs trop criardes me font l'effet d'une désagréable cacophonie. Mais rassurez-vous, je vois très bien l'essentiel.

Il ramasse son chapeau en feutre, décroche son veston du portemanteau, et s'en va :

— Travaillez, jeune fille. Et rangez cette assurance déplacée. Elle vous perdra.

Gabriel prend Héra dans ses bras.

— Je peux aller casser la gueule à la gamine du cinquième, si ça te fait du bien.

— Toi, lâche-moi.

Gabriel claque la porte.

Héra est seule...

Elle réalise alors qu'elle ne s'est pas retrouvée seule depuis une éternité. Et elle en tire une certaine consolation. La vie parisienne l'a trop souvent détournée de cette solitude aimée. La possibilité de danser si on veut. De parler toute seule. De réciter une pièce de théâtre, dont elle pourrait interpréter chacun des personnages.

Quand elle était petite, elle jouait des rôles d'héroïnes mythiques dans la cour du monastère de l'île des paons. Elle aimait jouer *Phèdre*, car c'était la pièce préférée de sa mère. Phèdre, à la fois victime et coupable, petite-fille du Soleil et fille d'un juge aux Enfers, elle incarnait pour elle à la fois la lumière et le monde souterrain des passions. «Phèdre est l'héroïne la plus tragique, car la plus humaine», lui avait dit sa mère, peu avant de mourir. Sa mère, qui chérissait, elle aussi, la solitude au point de vouloir s'exiler du continent; c'est elle qui avait choisi l'île des paons comme havre de paix; elle qui avait convaincu Adonis de s'y installer, malgré ses réticences : «L'île n'est maudite que pour ceux qui y croient», lui avait-elle affirmé. Juliette avait vingt-deux ans, elle était sportive et élancée, montée sur ressort, avec des dents faites pour croquer la vie. Surtout, Héra n'oublierait jamais son rire mélodieux et ses robes légères : «Maman, tu peux me montrer comment ta robe tourne?» priait la petite fille aux yeux noirs, et sa mère s'exécutait, et elle tournait avec grâce sur elle-même, dévoilant des jambes de danseuse interminables. Adonis était bien plus âgé, et beaucoup moins optimiste. Plus renfermé aussi. Le plaisir d'Adonis, c'était son petit lopin de terre près du port de Dubrovnik. Et pourtant, c'est elle qui avait été la première sous le charme sauvage de l'île. Elle, la citadine, la Parisienne, elle qui n'avait jamais planté la moindre graine. Elle, l'effrontée imprévisible dont il était tombé instantanément amoureux.

Au début, il croyait que Juliette ne voulait pas «vraiment» vivre sur l'île. Que ce projet n'était qu'une lubie, le genre d'idée qui nous vient après avoir vu un film documentaire sur la fonte des glaces et la fin programmée de l'humanité. Mais Juliette était obstinée, obsédée même par ce projet :

— Je voudrais qu'on retape le monastère. On sera autonomes, on plantera des légumes, on aura notre propre potager avec des courgettes, des poivrons, des tomates... Et puis l'île est remplie de citronniers, de baies de toutes les couleurs... N'est-ce pas ce dont tu as toujours rêvé ?

— On ne vit pas d'amour et de quelques fruits et légumes, Juliette. Ce sera beaucoup plus dur que ce que tu imagines.

— Justement. J'ai toujours été beaucoup trop gâtée par la vie.

— ... Ce sera la fin de ton avenir professionnel. Tu y as pensé ?

— Mon avenir, c'est toi. Et l'enfant que je porte.

Adonis s'était tu, abasourdi. Il n'avait jamais songé à devenir père, mais à l'instant où Juliette lui avait annoncé, il s'était senti le plus heureux des hommes. Il avait serré la jeune femme dans ses bras, et lui avait murmuré :

— Ma Juliette, ma beauté. C'est d'accord. Nous partons.

Héra s'est assoupie, en rêvant à cette histoire que son père lui avait si souvent racontée. Allongée sur son lit, elle referme les yeux pour essayer de reprendre son rêve là où elle l'a laissé.

Elle voudrait rattraper ce moment avant qu'il ne disparaisse dans le labyrinthe de sa mémoire. Mais c'est un autre souvenir qui lui revient. Elle se cramponne à la jupe de sa mère, tire dessus de toutes ses forces, en espérant qu'elle se retournera. Ses mains glissent sur le tissu. Elle crie, aucun son ne sort de sa bouche. Et déjà sa mère s'en va loin, très loin, dans un épais brouillard. Elle la voit sur le ponton à l'extrémité de l'île. Elle la voit retirer sa robe et ses ballerines. Elle voit ce maillot de bain une pièce, bleu marine, avec des lacets dans le dos. Ses longs cheveux qu'elle a attachés en chignon avant le grand plongeon. La petite fille veut courir pour la prévenir, «Ne plonge pas, maman, ne plonge pas, le courant est trop fort», mais ses jambes sont comme engourdies. Alors elle s'accroche à cette dernière image ; elle essaie de figer ce moment, mais déjà Juliette disparaît dans les profondeurs de la mer. Jamais, dans ses rêves, Héra ne réussit à la sauver des eaux.

Elle se réveille, essoufflée, et jette un œil au réveil posé sur la table de chevet : une heure du matin. Ses paupières sont lourdes, et elle sent que le sommeil revient déjà quand, soudain, le téléphone sonne :

— Allô, Héra ? Monsieur Klein à l'appareil.
— Monsieur qui ?
— Monsieur Klein ! Vous me remettez ?
— Vous faites erreur.
Elle lui raccroche au nez. Il rappelle.

— Alors vous, vous êtes gonflé! Vous m'humiliez, vous m'insultez, et vous osez me téléphoner en pleine nuit?

— Écoutez, je serai là demain après-midi. Je ne vais pas vous courir après. Si vous ne m'ouvrez pas, je repartirai chez moi et l'affaire sera close. Vous avez la nuit pour réfléchir.

Héra s'enfonce dans ses draps. À peine a-t-elle trouvé sa position que la sonnerie du téléphone retentit à nouveau :

— Monsieur Klein? Je vous préviens, je débranche le té...

— Héra... ma belle Héra...

La voix au bout du fil est un chuchotement :

— Ma belle Héra...

— Qui êtes-vous?

— Héra, qu'allez-vous faire...?

Héra entend un souffle à l'autre bout du fil, puis plus rien.

X

Le lendemain matin, Gabriel vient la réveiller. Il ouvre les volets de sa chambre puis s'assied près d'elle, en lui caressant les cheveux :
— Je pars. Dans quelques jours.
Elle bâille.
— Tu pars où?
— Pas très loin.
Elle n'insiste pas, et replonge sa tête dans l'oreiller. Il poursuit :
— L'année scolaire se termine vendredi, tu te souviens? Ça te fera du bien de te retrouver seule.
Héra se retourne vers lui brusquement :
— On est quel jour?
— Mercredi.
Elle se redresse d'un coup.
— Qu'est-ce qu'il y a, Héra?
— Je ne vais pas obéir à un imbécile au doigt et à l'œil. Qu'il aille se faire cuire un œuf.
— De qui parles-tu?
— J'avais promis à Hugo qu'on irait à la piscine aujourd'hui, après le déjeuner. Mais Klein a appelé et...

Gabriel la coupe :

— C'est formidable ! J'en étais sûr ! Héra, c'est la chance de ta vie, tu en as conscience ?

— La chance... de me faire encore humilier...

— Si tu n'honores pas ce rendez-vous, tu es une sacrée idiote.

— De toute façon, je ne peux pas planter Hugo. Surtout en ce moment.

— Alors quoi ? Tu veux sacrifier ton avenir pour une sortie piscine ?

— C'est la dernière fois que je le vois, Gabriel. Avant les vacances d'été, je veux dire.

— Mais tu n'es pas sa mère ! Écoute, je vais m'en occuper, MOI, d'Hugo.

— Tu ferais ça ?

— Évidemment. Je ferais tout pour toi, Héra.

XI

George Klein est arrivé à midi pile.
Dans sa main droite, un bouquet de pivoines rose argenté. Dans sa main gauche, une boîte de chocolats. Héra lui a ouvert la porte, encore à moitié endormie.

— J'aimerais revoir «La Mort du paon».
— Vous voulez exposer cette photo?
— Non. Ce n'est pas du tout au niveau, non. Mais il y a quelque chose...

Il retire son chapeau et s'assoit :

— Je veux bien un verre d'eau. Et revoir la photo.

Héra court dans sa chambre chercher sa boîte à archives, et revient à toute vitesse; c'est sa dernière chance de convaincre Klein. Elle pose le carton sur la table, l'ouvre, et en sort un paquet de photographies... qu'elle range aussitôt.

— Qu'est-ce que c'est?
— Rien, j'ai mélangé les boîtes.

Elle se sent rougir... Et ajoute, dans un rire gêné :

— Un projet pas terminé, Paris, la nuit... mais c'est pas bon du tout.

— Je suis assez pressé, répond-il sèchement.

Elle s'empresse de refermer la boîte, la pose sur la cage du hamster, et repart.

« Quelle abrutie... », songe-t-elle.

À son retour, Klein est au téléphone : « Oui, la semaine prochaine évidemment. Attends, Mike, une seconde. » Il pose son téléphone sur son épaule, puis : « Héra. Une urgence. Je vous appelle demain. »

Héra est décontenancée. Elle reste de longues minutes, hagarde, sur sa chaise. Elle se repasse le film et se demande ce qu'elle a fait, ou ce qu'il s'est passé pour qu'il s'en aille si vite. Il avait prévenu qu'il était pressé... elle aurait dû être plus rapide, plus percutante.

Mais une heure plus tard, elle reçoit un e-mail.

J'ai adoré votre série sur les nuits parisiennes. Ces photos ont du chien; c'est exactement ce que je cherchais. Je vous expose. Venez me retrouver pour une session de travail, cet été dans ma maison normande; je vous attends,
Amicalement,
George

Héra pousse un cri de joie.

XII

Au même moment, Gabriel attend Hugo en bas de chez lui. Le garçon tarde à descendre. Le professeur fait les cent pas dans la rue, et se frotte les mains :

— Fait pas chaud aujourd'hui, murmure-t-il. Midi et demi. Qu'est-ce qu'il fout ?

M. Quentin lui adresse un salut amical à travers sa vitrine.

— Quelle fouine, ce type. Qu'il ne s'avise pas d'ouvrir sa bouche de moineau, ou je la lui éclate.

Gabriel lui rend son salut, avec un sourire hypocrite.

C'est alors qu'il entend des pas, des petits pas d'enfant dévaler l'escalier derrière la grande porte en bois. Les pas résonnent, de plus en plus proches, et quand l'immense porte s'ouvre, la chose qui s'en échappe trébuche au sol, laissant tomber un bouquet de marguerites de ses doigts, marguerites dispersées sur le trottoir, aussi vite ratatinées par les roues d'un vélo. Hugo reste à terre quelques secondes, le nez collé contre une paire de chaussures noires. Pas les chaussures d'Héra, non. Alors il relève les yeux lentement : il aperçoit d'abord un pantalon en velours côtelé marron, et une poche déformée par ce qui semble être un trousseau de clés. Hugo reconnaît la ceinture... cette ceinture qui lui avait enserré les poignets, un soir après la classe. Son professeur l'avait raccompagné chez lui. C'était quelques jours avant la fin de son année de CP. Mais cette fois-ci, sa mère n'était pas à l'appartement. Et il avait eu peur de rester seul. Alors il lui avait demandé de rester. C'est lui qui lui avait demandé de rester. Il ne s'était pas méfié de cet homme, son maître d'école adoré. Et ils s'étaient retrouvés tous les deux, pour la première fois. Et il s'était laissé faire, sans un cri. Mais à qui parler de tout ça ? Héra ? Il a bien essayé... mais même elle, elle l'a oublié. Retourner chez lui ? Hurler ? Qui l'écouterait ? Qui le croirait ? Il baisse la tête, et ramasse une marguerite écrasée, qu'il serre fort dans sa main. « Sois fort, Hugo, sois fort », songe-t-il. Gabriel s'agenouille alors à sa hauteur et lui adresse un sourire :

— Mon petit Hugo, si tu savais... comme j'ai pensé à toi.

Gabriel lui prend l'autre main, et ensemble, ils se dirigent vers l'école. Là, le professeur sort les clés de sa poche, et ouvre le portail.

— Tu vas voir, le mercredi après-midi il n'y a personne. On sera que tous les deux.

Et referme le portail derrière eux.

XIII

Les paysages normands n'oublient jamais la mer. L'herbe mouillée exhale une odeur de sel fraîchement récolté. Un parfum proche de la violette qui s'infiltre dans l'embrasure des fenêtres, et titille vos narines au petit matin. Héra s'éveille dans cette atmosphère marine, sur la terre ferme. Sa chambre est bleue.

Elle est arrivée tard dans la nuit dans la maison de campagne de George Klein. Et a suivi ses consignes à la lettre :

> Trouver la clé sous le tronc d'arbre, puis ouvrir la porte de la cuisine. Une fois à l'intérieur, prendre l'escalier au coin de la pièce, il grince un peu, mais je suis sourd comme un pot quand je dors. Vous reconnaîtrez votre chambre au petit écriteau en forme de cabine de plage.

Héra découvre alors une chambre charmante, éclairée par des chandeliers, avec un lit en bois recouvert de coussins écossais et de plaids à carreaux clairs. Des fleurs fraîches dans un pot, roses trémières et bleuets. Et sur le siège d'une chaise en osier, un peignoir lavande, repassé et plié.

Le matin, les bougies sont toutes éteintes, toutes sauf une, qui palpite encore sur la table basse. La cire a fondu, elle forme des cloques beiges sur le parquet. Héra observe les yeux mi-clos les taches déjà sèches ; ça lui évoque cette brûlure qu'elle s'était faite petite, et qui lui a laissé une vilaine cicatrice sur la main. Héra regarde sa cicatrice de plus près : la blessure est là, comme une entaille dans l'écorce, pour nous rappeler que nous sommes mortels. Ce jour-là, elle s'éveille avec une envie féroce de s'amuser ; un pied après l'autre, elle fait grincer les lattes du parquet et avance jusqu'à se pencher à la fenêtre pour respirer l'air frais. Klein est dans son jardin, il cueille des haricots verts et, même quand il cueille des haricots verts, il est élégant. C'est fou comme certaines personnes promènent leur grâce avec eux, quoi qu'ils fassent. George est de cette espèce-là : difficile d'être insensible à son charme. Héra le regarde quelques instants encore, dans l'ombre de sa chambre... elle noue ses cheveux en une tresse, et descend au salon. Un thé l'attend, avec des viennoiseries, des confitures de mûre, de fraise et d'abricot, et des pommes du verger ; elle avale le tout, et court rejoindre son mécène au jardin :

— Monsieur Klein ?
— Pourriez-vous m'aider avec ce panier ? On a du boulot. Il faut ramasser tous ces rangs de haricots. On va remplir un maximum de bocaux avant la tombée de la nuit.
— Mais… On ne travaille pas ?
— Très drôle ! Enfilez une paire de bottes. Quelle pointure ? 37 ? J'en étais sûr. Comme mon ex-femme. Un jour, je suis sorti avec un 43. Une femme superbe, mais avec des pieds longs comme des morues. Des panards immenses, comme on n'en voit qu'en Allemagne.

Héra glisse ses pieds dans une paire de bottes en caoutchouc.

— Allez mademoiselle, on a du pain sur la planche.

Toute la journée, ils cueillent, équeutent et lavent les haricots. Toute la soirée, ils font bouillir de grandes marmites d'eau salée, et remplissent à la louche des bocaux, en se racontant des histoires, un verre à la main.

— Vous savez, vous me faites penser à mon père… Je ne dis pas ça pour vous offenser, loin de là. Vous êtes plus jeune… bien sûr. Mais il y a quelque chose. Une distance, un mystère. Mon père aussi aimait cultiver son jardin.
— Il était jardinier ?
— Jardinier non, gardien d'île.
— C'est joli, gardien d'île… C'est là que vous avez photographié les paons ?

— Je vendais mes photos aux touristes. Elles avaient un certain succès... Et puis il y avait Titus, le roi des paons, qui me suivait partout... et qui est mort. On pense souvent que la mort d'un animal est plus naturelle que celle des hommes. Mais peu nombreux sont ceux qui ont réellement vu un animal mort. On voit encore moins ce sublime oiseau aux couleurs et voyelles mélangées, majestueux et fier, s'effondrer. Vous comprenez ce que je veux dire ?

— Oui, je crois que oui. Il est mort comment ?

— Il est mort, c'est tout. Et les autres oiseaux aussi. Mais je parle trop... C'est drôle, je me rends compte que c'est la première fois que je parle vraiment de mon île.

— Continuez alors...

— Mon père m'aimait énormément : il a cru que l'île me tuerait, comme elle a tué les paons. C'est lui qui a voulu que je parte. Mais mon île me manque terriblement... À Paris, la magie de la vie semble avoir disparu.

— Personne ne trouve donc grâce à vos yeux ?

— Si. Un petit garçon. Tenez, j'ai une photo dans mon sac...

Elle plonge la main dans sa sacoche en cuir, et en sort une photo d'identité d'Hugo :

— Vous voyez ?

— Pas très bien, mais il est mignon... c'est ce qu'on dit dans ce genre de situation, non ?

— Pardon, parfois j'oublie que...

— Que je ne vois pas grand-chose ? Moi aussi j'oublie parfois, et c'est dans ces moments-là que je vois le mieux. Mais revenons à votre petit garçon.

— Lui aussi, je l'ai abandonné... je n'ai que vingt-deux ans, et j'ai perdu mon temps.

— Vous avez une exposition dans quelques jours.

— Et qu'est-ce qu'ils verront, tous ces gens ? Ils verront mes photos, comme vous les avez vues ?

Héra regarde George Klein, et les deux se taisent, dans un silence qui est le prolongement de leur conversation. Une compréhension intime... Elle se sent bien.

À la nuit tombée, elle téléphone à Gabriel : « George est plus drôle que ce que je pensais... et puis il connaît tout sur tout ! Il m'a raconté une histoire incroyable sur la vie de Peggy Guggenheim. Tu savais que son père avait coulé avec le *Titanic* ? Eh bien il l'a connue personnellement. Il a connu Picasso aussi, des gens comme ça. Mais dis-moi, sinon, comment va Hugo ? Je n'ai pas de nouvelles et j'hésite à appeler, ça capte mal ici. Oui tu as raison, il est en vacances de toute façon. Je suis trop sensible tu sais, j'ai toujours l'impression qu'il a besoin de moi... Oui oui, j'ai pas beaucoup été là ces derniers temps, je te l'accorde... Mais je me rattraperai. Et toi, tu fais quoi ? Une femme ? Là c'est moi qui suis jalouse. Je sais que tu plaisantes, mais c'est pas une raison. Allez, je dois te laisser, on se lève tôt demain. »

— Je vous ai entendu hier soir. Vous discutiez avec votre amant?

Elle voudrait répondre : «Ah non, pas du tout, c'était juste Gabriel.» Mais elle s'entend dire : «OUI.»

Elle ne sait pas pourquoi elle a dit ça. Mais George Klein n'insiste pas :

— Vous allez commencer les interviews cette semaine. Je n'ai jamais exposé de photographies avant vous, alors c'est un petit événement dans le monde de l'art. Les journalistes vont vous adorer : vous êtes jeune, vous êtes belle, et il vous reste encore un peu de votre naturel exotique. Ne gâchez pas tout avec votre orgueil : de la fraîcheur, de la fraîcheur, de la fraîcheur. Ils n'attendent que ça. Vous porterez une robe fleurie, un peu ridicule, pour le shooting photo. Les essayages sont dans deux semaines. En attendant, nous allons vous préparer, pour que vous ayez l'air spontanée.

— Je ne serais pas plus «spontanée» sans préparation?

— C'est là où vous ne comprenez rien à rien. Votre livre préféré?

— Je... je ne sais pas... je dirais... enfin, il y en a trop...

— Vous voyez? La spontanéité, ça ne marche pas. Quand on vous demandera votre livre préféré, dites que c'est *Jane Eyre* de Charlotte Brontë.

— Mais je ne l'ai même pas lu!

— Oui. Mais à partir d'aujourd'hui, c'est votre livre préféré. Bien sûr vous expliquerez pourquoi : l'histoire de cette petite orpheline anglaise, recueillie par sa méchante tante... et qui, par la seule force de son caractère, finit par gagner sa place dans la haute société victorienne. On dirait vous, non ?

— Vous êtes très calculateur...

— Vous voulez la gloire ? Oui ou non ?

Héra pose alors une main joueuse sur celle de George Klein.

— Bien sûr que oui, monsieur Klein. Comme tout le monde.

Il retire sa main d'un coup sec.

— Alors travaillez.

XIV

Les jours suivants sont consacrés à la préparation de l'exposition. Héra, assise sous la tonnelle, travaille dur. Elle a légendé chacune de ses photos des nuits parisiennes, et a entamé la lecture de son « livre préféré » – *Jane Eyre*. L'assistante de George Klein est venue lui donner quelques leçons d'anglais. Et hier, elle a essayé sa robe ridicule. Une robe printanière, qui la rajeunit encore. Elle a dû arrêter de fumer, Klein lui a imposé. Quand elle s'ennuie, elle va observer les poissons dans l'étang, et surprend parfois un colvert au bord de l'eau. Le jardin est immense et il s'y passe toujours quelque chose. Les étourneaux survolent la propriété deux fois par jour, comme des grappes de raisins au-dessus des bouleaux.

George Klein, lui, ne voit pas tout ça. Alors elle lui raconte les lièvres qui bondissent dans les champs. Les vanneaux huppés, avec leurs yeux ronds et leur robe vert bouteille, au ventre blanc immaculé. Elle lui raconte les arcs-en-ciel, les vaches dans les prés, et les plumes du coq dans le poulailler. Klein l'écoute et sourit.

Un soir, alors qu'elle lui fait la lecture, il s'endort. Héra attend de longues minutes, éclairée par la lumière d'une lampe à huile. Puis elle se lève sans faire de bruit, et commence à s'éloigner... avant de se raviser, cœur battant, incapable de résister à ses jambes et à son corps, tendus vers une direction dangereuse. Elle se rapproche de lui. Puis se penche, comme pour déposer sur ses lèvres un baiser. À sa respiration, elle sait qu'il dort profondément. Elle reste quelques secondes à la lisière de sa bouche, de son souffle chaud... Que se passerait-il s'il ouvrait les yeux ? Klein voit un peu, à ce qu'il dit. Elle peut presque sentir la soie duveteuse de ses lèvres, elle ne l'a jamais vu d'aussi près. Il a quelques rides, peu marquées, au niveau du front. Elle se penche encore, et descend dans son cou. Elle le respire, elle le désire. Elle passe sa bouche le long de sa veine jugulaire, et atteint son épaule, recouverte d'un plaid. Là, elle fait mine de poser sa tête, elle n'est plus qu'à un centimètre de lui. Elle imagine ses mains enserrer sa taille et lui murmure au creux de l'oreille « je vous aime ». Elle l'imagine tellement fort qu'elle en vient à le bousculer. Il n'ouvre pas les yeux. Elle dépose un baiser sur son front... éteint la lumière, et monte se coucher, essayant de faire le moins de bruit possible...

La seule chose qu'elle ne savait pas, c'est que Klein ne dormait pas.

Le lendemain matin, à l'aube, l'homme vient la réveiller. Il tire les rideaux : «Allez, vous êtes déjà très en retard. Levez-vous et enfilez un tee-shirt, tout le monde vous attend.»

Héra aperçoit alors des camions dans le jardin; sur la pelouse, des cages de différentes tailles... des opérateurs lumière, décorateurs, jardiniers, se pressent et s'agitent. Ils font de grands gestes et crient dans tous les sens. La pelouse est vert pomme. «Ils ont donc PEINT la pelouse, murmure Héra. Ces gens sont fous!» Elle se recouche dans son lit : «Les fous attendront...» Quand, soudain, un bruit de klaxon la fait sursauter : «Très bien, très bien, j'arrive!»

La matinée file à toute allure entre la séance de coiffure, cheveux triturés à gauche, à droite, ongles coupés, limés, frottés, polis, manucurés. Héra se laisse faire, comme une poupée de chiffon. Des mains s'agitent autour d'elle, et jouent avec ses membres; elle sent une épingle à nourrice la piquer et sursaute. «Pardon madame» et l'épingle la pique de nouveau. Elle se retrouve avec des chaussures aux pieds, qu'on lui retire l'instant d'après : «Non, laissez-la pieds nus finalement.» Ils parlent entre eux comme si elle n'était pas là. La voix qui donne les ordres est celle de la photographe Erika Johnson, figure emblématique du magazine *Virginity*. Erika Johnson est l'archétype de l'artiste «cliché», avec des bagues énormes, une crinière ébouriffée, des vestes bariolées, et des lunettes carrées. Un look parfaitement étudié au fil des années. « Allez, allez, on y va, braille Erika. C'est l'heure ! Tout le monde est prêt... »

Héra s'assoit dans l'herbe... ou plutôt « se fait asseoir » dans l'herbe. On lui met des graines dans chaque main et de l'huile sur les jambes. Le soleil cogne. La mise en place est interminable. Puis on ouvre les cages. Un couple de paons en sort. Le mâle vient picorer dans sa main. Ça la chatouille : « Ne riez pas ! Ne riez pas, nom de Dieu ! Vous allez tout gâcher, crie Erika. *Calm down ! Calm down* », lance-t-elle alors au pauvre animal – car, c'est bien connu, les paons parlent anglais. Héra rit de plus belle : « On va arrêter cette séance mon cher Klein, on va arrêter. Elle est impossible, cette gamine ! Quel manque d'éducation... Vous savez combien de techniciens on a fait venir ? Ils viennent de Los Angeles, les mecs, ils ont fait plus de neuf mille kilomètres, et je ne parle même pas de... » Erika n'a pas le temps de finir sa phrase que le paon commence à crier. Face à Héra, il déploie ses plumes en éventail. Héra se sent faiblir... « Magnifique ! Exceptionnel ! C'est bon vous l'avez ? C'est dans la boîte ? C'est incroyable ! » s'extasie la photographe.

Héra a mal au crâne, et la tête commence à lui tourner. Elle sent qu'elle vacille et qu'elle a très chaud d'un coup, puis plus rien.

Quand elle se réveille, il fait déjà nuit. Une bougie éclaire la chambre. Klein est assis sur le lit :

— Tu as dormi toute l'après-midi. Un coup de chaleur, rien de grave. Bois un peu d'eau.

Elle avale le verre d'eau en entier, pendant qu'il lui tient la nuque...

— Vous me tutoyez maintenant ?
— Oui. Je crois qu'il est temps...

Héra hésite une seconde, puis prend la main de Klein et la fait glisser sur son visage.

— Je n'ai plus de fièvre ?
— Non.

Puis elle guide la main de l'homme sur sa poitrine, encore moite.

— Et mon cœur ? Il bat moins vite ?

George Klein ne répond pas, et déglutit... elle sent que sa main tremble un peu.

Elle retire alors les bretelles de son débardeur en coton, qu'elle fait descendre doucement jusqu'à ses cuisses...

— Et mon ventre... ?
— Héra...

Il se penche vers elle et pose ses lèvres sur ses seins.

ÉTÉ

I

Agathe a emporté un cahier dans sa valise. Elle l'a rangé entre son parfum et la lettre d'Héra. Cette lettre, sur laquelle elle posera les yeux chaque fois qu'elle se préparera pour aller dîner. Elle a prévu trois robes pour le soir : une jaune, qui devrait mettre en valeur son bronzage. Une bleue, passe-partout. Et une noire, assez chic, au cas où il l'emmènerait à l'Opéra. Il ne le fera pas, alors elle ne mettra la robe en dentelles que le tout dernier soir, et il lui dira «tu es belle». Il lui fera certainement l'amour, cette nuit-là. Ça n'arrive qu'en vacances, quand il a un peu trop bu. En général, elle se laisse faire, et ce n'est ni douloureux ni désagréable. Elle reste impassible, ne crie pas, ne fait même plus semblant. Il termine, et s'endort, en balbutiant des mots incompréhensibles. Ces soirs-là, elle le hait de tout son être... alors elle se lève, se penche à la fenêtre et imagine ce qu'aurait pu être son existence. Elle était libraire... et elle a tout quitté pour lui, son travail, ses amis. Elle voulait écrire... et elle s'est laissé avaler par ces petits monstres que fabrique la vie. La fatigue, la solitude, la tristesse. Son seul bonheur est là, dans ce cahier vierge. La potentialité du bonheur du moins ; car elle n'écrit toujours pas. Mais c'est son espoir, qu'elle traîne dans ses bagages.

— T'es prête ? On a chargé la voiture, il ne manque plus que toi.

Laurent l'embrasse sur le front :

— Tu as une mine SU-PERBE ma chérie. Allez, en voiture ! Tu as pris le parasol ?

— On va à la montagne. Est-ce bien nécessaire ?

— Moi je ne pars pas en vacances sans mon parasol ! Plage ou pas ! Soleil ou pas !

Et, hilare, il grimpe quatre à quatre les marches de l'immeuble.

Agathe pense une seconde à s'enfuir... puis elle jette un coup d'œil à la voiture... Hugo est déjà installé à l'arrière, sa ceinture de sécurité bien attachée, son sac à dos sur les genoux. Alors elle monte, à son tour, dans la belle carrosserie.

Le trajet jusqu'à Chamonix devait se dérouler sans encombre. Agathe se ferait les ongles, ses yeux gris cachés par ses lunettes de soleil. Laurent écouterait sa musique américaine. Et Hugo regarderait le paysage. Mais dès lors qu'ils auraient franchi le péage d'Annecy, rien ne se passerait comme prévu.

Il est dix-neuf heures cinquante, et comme souvent à cette heure-là, le père change la station de son autoradio pour pouvoir écouter les infos. Mais aucune station ne passe, comme on se rapproche des montagnes. Il change une fois, deux fois, puis capte finalement une station de radio culturelle. Le journal s'ouvre sur les obsèques du grand trompettiste de jazz Mike Shirley. Mort à quatre-vingt-douze ans d'une «longue maladie», comme on dit. Agathe pense quelques minutes à cette expression... n'est-ce pas la vie, la longue maladie? La décrépitude du corps d'année en année, l'amenuisement de l'âme, la perte des réflexes, du désir aussi. «Quelle expression à la con!» songe-t-elle. Suit un long morceau du trompettiste, accompagné d'abord par un pianiste en improvisation, partie douce et indolente, puis en solo. La musique s'envole alors vers des notes aiguës et déchirantes, dans une accélération folle, presque douloureuse, jusqu'à atteindre une fréquence qui transperce l'âme. Les trois passagers sont toujours aussi silencieux... mais flotte dans l'air à ce moment précis comme une union des sentiments. Touchés par la même musique – il leur reste donc quelque chose en commun.

Dehors, la montagne ensoleillée se dresse devant eux.

C'est dans ce contexte apaisé que le coup les frappe par-derrière. D'autant plus brutal qu'ils ne s'y attendaient pas.

Voilà tout ce qu'on pouvait dire sur Mike Shirley. Vous venez d'écouter quelques notes de son album *Blues in G*. Dans la suite de l'actualité, le galeriste d'art allemand George Klein annonce une grande exposition cet été dans sa maison normande. Une exposition ouverte au public, où vous pourrez découvrir sa collection, dont une rétrospective Monet qui comporte 87 toiles du maître impressionniste. La collection d'art moderne ne sera pas en reste, puisqu'un étage entier sera dédié aux œuvres de Mondrian. Et, pour la première fois, des photographies contemporaines seront exposées au jardin. Celles de la jeune photographe franco-croate Héra B. dont on parle beaucoup en ce moment... et dont une partie des clichés sera d'ailleurs vendue aux enchères.

Laurent baisse le son :
— Ah formidable. Je suis ravi pour elle. Tu vois, finalement elle s'en sort très bien. Parfois, rien de mieux qu'un coup de pied au...
Il s'interrompt.
— Mon chéri, qu'est-ce qu'il y a? Tu te sens mal?
Hugo, qui retenait jusque-là tant bien que mal ses larmes, éclate en sanglots :
— On n'est même pas invités...

Agathe n'avait pas jugé bon de donner l'invitation à son fils. De toute façon, ils ne pouvaient pas y aller à cause des vacances, et puis qu'est-ce qu'un enfant serait allé faire dans une expo photo? Il est bien trop jeune pour y comprendre quoi que ce soit, avait-elle pensé.

Elle pose sa main sur la cuisse du garçonnet :
— Allez, on arrive bientôt. Ça va être super tu verras.

Laurent l'observe du coin de l'œil, il se souvient du courrier qu'ils ont reçu la semaine dernière, cette mystérieuse enveloppe bleue. Elle lui avait répondu : «C'est rien, un faire-part de naissance. Tu sais, ma copine de Strasbourg?» «Si tu avais des copines, ça se saurait», avait-il songé. Il n'avait pas poussé plus loin la conversation.

— Je crois que maman a reçu l'invitation, mon garçon. Donc nous irons. N'est-ce pas, Agathe?

Elle éclate d'un rire nerveux :
— Un père parfait! Il le sait, ton fils, ce que tu fabriques de tes nuits?

Laurent pile dans un virage.
— Agathe, tu ricanes encore une fois comme ça... je te...
— Tu me quoi?

La voiture entame la montée d'une route sinueuse, étroite, sans glissière de sécurité. Laurent accélère, exprès. Agathe continue de rire. Le soleil brille si fort que la route est noire de lumière, et la voiture roule dans un contre-jour effrayant. L'enfant se concentre pour ne plus rien entendre, ne plus rien voir, ne plus rien sentir. Son esprit prend le chemin de la route, il dévie lui aussi. Il se rappelle les jours où Agathe lui préparait encore son goûter. Il se rappelle les mains de sa mère, enveloppant un pain au lait dans du papier aluminium. Il se rappelle ses gestes, précis et gracieux, et son rire, alors léger comme une pluie d'été. Les caresses sur le front. Puis il revoit son père. Là encore, les mains. Les mains épaisses, plongées dans la terre, il lui avait construit une cabane. Des branches, qu'il coupait à main nue. Il s'était blessé ce jour-là, et avait demandé à Hugo («mon seul fils», il disait) de lui faire un bandage. Puis il l'avait porté tout en haut de la cabane, dans l'arbre... avec ses mains, qu'il aimerait tellement pouvoir retrouver, même en dessin...

Hugo finit par s'endormir.
Ce n'est que le lendemain matin qu'on lui apprend la nouvelle: «Après mûre réflexion», ils n'iront pas à l'exposition.

II

Au numéro 76 de la rue des Carmes, un homme taille, polit, ajuste du matin au soir et du soir au matin. M. Quentin n'a pas changé ses habitudes. La seule différence, c'est que maintenant il sait; il sait comment tout ça doit finir.

III

C'est Héra qui avait eu l'idée d'exposer dans les jardins de la propriété. Les photographies avaient été imprimées et encadrées quelques jours plus tôt, comme George Klein l'avait exigé. Ils avaient longtemps cherché un nom pour la première grande exposition d'Héra et ils étaient finalement tombés d'accord sur «Les Nuits d'aujourd'hui», avec une photo de «L'Instant d'avant» pour illustrer le catalogue – le baiser suspendu d'un jeune premier et d'une femme plus âgée, à la lumière des néons.

— Comme j'aurais aimé que mon père soit là! s'exclama Héra quand elle eut enfin le catalogue entre les mains. Dis, George, tu penses qu'il y aura du monde?

Il lui répondit aussitôt :

— S'il y a trop de monde, on criera à l'arnaque. Comment? Une jeune artiste qui a du succès? C'est un effet de mode, ça ne durera pas. Mais s'il n'y a personne, les médias ne parleront que du four subi par la Klein Art Shop; est-ce le début de la fin pour le célèbre collectionneur? Le signe d'un déclin? Quoi qu'il arrive, ma chère Héra... ce ne sera jamais assez bien pour eux, crois-moi.

Mais George Klein dut bien admettre qu'il s'était trompé. L'exposition fut un tel succès que la presse fut dithyrambique. Sans exception. Héra était désormais lancée. Ses photographies firent la une des magazines d'art, et très vite les médias s'intéressèrent au nouveau phénomène. Sur les plateaux de télévision, elle était invitée à s'exprimer sur tous les sujets: la ville, la jeunesse, la cigarette, la sexualité. Un jour elle fut même conviée à débattre du prix de l'essence, en raison de sa photo de la station-service. Les amateurs d'art, touristes et curieux se pressaient même plus dans les jardins que dans la galerie Monet. Et George Klein restait là, à la conseiller chaque jour jusqu'au choix de ses tenues vestimentaires: « Maintenant que tu es identifiée d'une certaine manière, il vaut mieux rester fidèle à l'image qu'on a de toi. Les gens n'aiment pas être bousculés dans leurs certitudes. En tout cas, pas au début. Il faut qu'ils pensent te connaître mieux que toi-même. Alors restons-en aux robes à fleurs pour l'instant, si tu veux bien. Il sera toujours temps de changer dans quelques mois, quand l'orage sera passé. » Héra ne voyait pas du tout la situation comme un « orage ». Enfin il se passait quelque chose dans sa vie. Un an après son départ de Croatie, elle voulait voyager, voir le monde. Aller partout. Elle ne marchait plus, elle volait. Son charme autrefois discret s'était mué en quelques semaines en une beauté éclatante. On aurait dit que tout son corps débordait de vie. Elle était entre la femme enfant et la femme fatale, et c'était cet entre-deux qui lui donnait cette allure si particulière. Ses seins, plus ronds, plus lourds. Ses bras, pleins et sensuels. Et ce sourire qui ne la quittait plus.

Mais dans l'ombre de ce succès, George Klein, lui, sentait monter une souffrance. Souvent, il pensait : « Elle ne restera jamais avec moi, pauvre vieillard à moitié aveugle ! » Les jours passaient, bientôt deux mois après leur première nuit d'amour... et chaque matin, il pensait rêver en la voyant couchée près de lui. « Et cette femme, que j'aime tant, on va me l'enlever, c'est sûr. » Alors il téléphonait dès qu'elle tardait à rentrer : « Tu te souviens que ce soir on dîne chez les Sherwood, hein ? Bon, très bien. Tu seras à l'heure n'est-ce pas ? » Et à peine avait-il raccroché que l'angoisse lui étreignait la gorge : « Et si je l'avais ennuyée avec mes questions ? » Il savait qu'il n'est jamais bon de montrer ses inquiétudes à une femme. Alors il s'asseyait dans son fauteuil et prenait un livre. Mais même se concentrer lui était devenu difficile. Il regardait l'horloge, qui n'avance jamais assez vite quand on est amoureux, et à mesure que l'heure tant attendue approchait, une autre forme d'angoisse l'envahissait : « Est-ce que je lui plais encore?» Il allait prendre une douche, et enfilait son plus beau costume, avant de retourner s'asseoir dans son fauteuil, l'air de rien. Puis il se souvenait qu'il avait oublié de se parfumer, alors il remontait à l'étage marche après marche – en se tenant à la rambarde – et se frictionnait les cheveux avec quelques gouttes d'eau de cèdre. C'est là qu'elle rentrait... Et lui, feignait d'être absorbé par sa lecture : «Ah, tu es là?»

Il n'arrivait pas à cacher son angoisse. Pire, il savait qu'elle se lisait sur son visage chaque fois qu'Héra lui disait au revoir, et qu'il sentait sous ses doigts qu'elle avait enfilé un chemisier en soie, ou une jupe un peu courte. «C'est sûr, on va me l'enlever. Un jeune homme va la voir, assise dans le tramway, et il s'assoira à côté d'elle. Il respirera son parfum, imaginera sa peau sous son chemisier. Ils parleront tout le trajet, et sans doute qu'il l'invitera à prendre un verre. Sans doute qu'elle acceptera aussi. Et il me la prendra, à moi qui lui ai tout appris, qui lui ai fait découvrir son corps, moi à qui elle doit sa réussite, son épanouissement, sa merveilleuse métamorphose.» Dans ces moments-là, George Klein lui en voulait par anticipation. Mais très vite, il se ravisait : «Après tout, peut-il en être autrement?»

Un jour qu'ils étaient allés marcher, au cours d'une des longues promenades dont ils avaient l'habitude, George Klein interrogea Héra :

— Le petit garçon, dont tu m'avais parlé un jour... n'aimerais-tu pas le revoir?

Elle avait tiqué :

— Ses parents ne veulent pas l'accompagner, ils sont à la montagne, ça fait loin. J'ai reçu un message avant-hier, ou mardi, je ne sais plus très bien.

Puis elle changea vite de sujet de conversation :

— D'ailleurs, ça approche, la vente.

— Oui, mais quand même Héra... tu aurais dû insister, non ?

— Insister ? Après ce qu'ils m'ont fait ?

— Mais il n'y est pour rien...

— Certes. Mais je ne suis pas sa mère.

Héra arracha un épi de blé, d'un coup sec.

— Tu avais l'air de dire qu'il n'allait pas très bien.

— Mais Gabriel m'a rassurée depuis. J'imagine qu'il est en vacances et qu'il s'amuse... les enfants, tu sais ce que c'est.

— Par orgueil, tu refuses d'appeler. C'est juste de l'orgueil.

— Non, ce n'est pas de l'orgueil, c'est du bon sens. Je ne vais pas leur courir après. Et puis les vacances se terminent bientôt... j'irai le voir à la rentrée, rien ne presse.

— Tu devrais quand même...

— Non George. Je ne devrais rien du tout.

Héra avait clos la conversation d'une voix autoritaire. Une voix qu'elle ne se connaissait pas.

IV

La vente aux enchères eut lieu quelques jours plus tard. Beaucoup de monde avait fait le déplacement, et Héra slalomait entre les invités, au bras de son mécène.

En attendant la soirée et le dîner de gala, l'apéritif était servi dans le jardin, où chacun pouvait admirer «Les nuits parisiennes». Ces photos-là ne seraient pas mises en vente, mais leur présence permettrait aux acheteurs de «se mettre dans de bonnes dispositions», lui avait expliqué Klein. L'objectif était plutôt de vendre d'autres photos pendant le dîner, des photos moins intéressantes, mais en petit nombre, et en tirage unique. «Le commerce, c'est comme l'amour... il ne faut pas tout donner tout de suite. Il faut donner un peu, puis plus rien... c'est comme ça qu'on se fait désirer.»

— Là-bas, c'est Jordan Alvarez. Un homme d'affaires de Biarritz. C'est l'inventeur de la *basquette*, la basket du Pays basque. Il discute avec les Scarlatti. Les Scarlatti sont nos invités les plus riches. Il est clair que si quelqu'un ici peut acheter tes photos, c'est bien eux. Le père, un Italien du Sud, a fait fortune dans l'industrie sucrière. Ils ont des plantations en Martinique. La mère, elle, n'a jamais travaillé, mais écume les Fashion Week chaque saison. Moi, tu vois, comme je suis allemand, elle me compare sans cesse à Karl Lagerfeld. Ses seules références sont pour le luxe, en somme.

— Les pauvres.

— Tu as raison. Les pauvres.

— Et lui, c'est qui ? interrogea Héra, index tendu vers une silhouette solitaire, près de la piscine.

— Ah lui… c'est… tu ne sais donc pas qui il est ? Il s'appelle Dimitri. C'est un homme assez peu fréquentable. Mais on est obligés de l'inviter.

— Obligés ?

Klein n'eut pas le temps de répondre, l'homme fonçait droit sur eux.

— Alors George, tu ne me présentes pas ?

Dimitri était un genre d'homme tout à fait nouveau pour Héra. Jeune, affirmé, le visage fin, encadré par des cheveux blonds bouclés. Mais elle ne put apercevoir ses yeux, car il l'effleura à peine du regard. Il lui adressa un rapide «ravi de vous rencontrer», avant de s'échapper aussi vite qu'il était venu.

— Qui est-ce ?

— Dimitri Novgorov. Un héritier russe, influent collectionneur d'art, bien qu'il collectionne plus les femmes que les tableaux, si tu veux tout savoir. Il fait régulièrement la une de la presse poubelle, car il est sorti à une époque avec une princesse monégasque.

Il n'en fallait pas davantage à Héra pour éveiller sa curiosité. Toute l'après-midi, elle l'observa d'un œil. Rien dans son attitude ne lui semblait «infréquentable», contrairement à ce qu'avait pu lui en dire George. Au contraire, il regardait les photographies avec intérêt, et s'attardait devant chacune d'elles comme s'il se recueillait devant un gisant. La photographie de Marine, l'étudiante éméchée en médecine, semblait le fasciner. Il ne cessait d'y revenir. «Sans doute est-ce parce qu'elle est seins nus, et qu'elle incarne une forme de virilité malgré tout», songea Héra.

Puis ce fut la soirée des enchères. Gabriel lui fit la surprise de venir, et Héra l'installa à sa table. Une centaine de personnes, triées sur le volet, s'étaient réunies dans la salle de gala. Les photos à vendre y avaient été préalablement encadrées et accrochées. En tout, six tirages uniques : les photos des paons. Ces clichés avaient jusqu'alors une valeur sentimentale pour elle. Mais Klein l'avait convaincue de s'en séparer, en faveur d'une association contre la famine : «Fais-moi confiance : l'associatif, c'est génial, avait-il ironisé. Les riches ont l'impression de faire une bonne action, et toi, tu fais grimper ta cote… en te débarrassant de photos moyennes, qu'ils achèteront bien trop cher…»

Et il avait raison : le tirage le plus petit fut adjugé mille euros. Acheté par un investisseur asiatique, qui lui adressa un signe de la tête. Quatre des autres photos furent acquises – sans surprise – par les Scarlatti.

Quand vint la dernière photo, plusieurs personnes dans la salle voulurent enchérir en même temps. «Prix de départ : mille deux cents euros. Qui dit mieux?» La main de Dimitri se leva, discrète. Les Scarlatti firent de même. Et un homme au fond de la salle, qui n'avait pas encore enchéri et qui n'avait pas de table, se manifesta aussi. Les Scarlatti enchérirent jusqu'à la barre symbolique des deux mille euros, à la suite de quoi l'industriel s'exclama : «C'est insensé!» Mais l'enchère ne cessait de grimper. L'homme au fond de la salle levait la main sans arrêt, camouflant une partie de son visage derrière un foulard. Dimitri refusait de céder. Bientôt la barre des trois mille euros serait atteinte. Chacun regardait ce duel avec un mélange d'admiration et de crainte, comme s'ils assistaient à un combat de boxe.

C'est Dimitri qui flancha, et il sortit de la salle en claquant la porte. Mais alors que la photo venait d'être adjugée près de cinq mille sept cents euros à l'homme au foulard, ce dernier avait disparu. Héra essaya de le rattraper, elle voulait absolument connaître son nom, son identité. On n'achète pas «La Mort du paon» par hasard. C'était certes la photo la plus réussie du lot... mais c'était aussi le dernier souvenir de son île, le dernier souvenir de Titus, son ami.

Dehors, elle ne trouva que Dimitri, qui fumait nerveusement en regardant ses pieds.

— J'aurais dû me battre. Mais qu'est-ce que j'aurais pu faire, face à un fou! Un fou! Cette photo, il ne pourra jamais la revendre à ce prix-là.

— Vous n'avez vraiment rien compris alors. C'est une photo très spéciale.

— Vous êtes très sûre de vous.

Elle répondit, espiègle :

— La dernière personne qui m'a fait cette réflexion, c'est George...

— Ah, ce bon vieux George... Allez, venez, on va faire un tour.

Dimitri lui tendit un casque de moto. Elle hésita une seconde mais le regard fuyant du jeune homme l'intriguait. «Après tout, qu'est-ce que je risque?» pensa Héra. Dimitri s'arrêta près d'une auberge et l'invita à boire un verre. Elle accepta. Cette journée avait été grisante... toutes les photographies avaient été vendues, et plutôt très bien vendues, et elle avait enfin le sentiment de vivre. Attablé dans l'auberge, il commanda un croque-monsieur avec des frites, et un verre de Coca; elle n'avait pas faim.

— Pourquoi vous ne me regardez pas?

— C'est pour ça que vous êtes là, n'est-ce pas? Parce que je ne vous regarde pas.

Dimitri la fixa alors pour la première fois de ses yeux bleus.

— C'est ça que vous vouliez? Croiser un regard qui ne vous désire pas? Vous n'êtes pas mon genre. Il faudra vous y faire. Je vous trouve beaucoup trop jeune, votre visage manque de relief, en dépit de quelques imperfections tout à fait charmantes.

Piquée dans son amour-propre, Héra contre-attaqua :

— Dites-moi, vous faites quoi demain, Dimitri ? J'aimerais qu'on ait le temps de mieux se connaître...

Il lui répondit qu'il était d'accord, et il la raccompagna sans plus un mot. Dehors la nuit était pâle, éclairée par une lune-réverbère ; il ferait bientôt jour...

V

Le lendemain, George Klein ne fit aucun reproche. Il réveilla Héra en la serrant fort contre lui et en respirant son parfum. Il voulait profiter d'elle, s'enivrer d'elle, et refusait qu'elle quitte le lit : «Non, reste encore un peu. Je veux t'embrasser encore.» Elle lui caressait tendrement la joue, et lui murmurait : «Mais qu'est-ce que tu as ce matin?» Alors il lui prit les cheveux, et appuya fermement sa tête contre l'oreiller. Puis, glissant au-dessus d'elle : «Je t'aime Héra.» Il n'avait pas pu s'en empêcher. Ce n'était pas le «je t'aime» fou des premiers émois, ni le «je t'aime» routinier des couples déjà bien établis. C'était un «je t'aime» implorant. Un «je t'aime» qui signifiait : «Vois tout le mal que tu pourrais me faire, maintenant que je ne suis rien.» Par pitié ou par compassion, Héra lui répondit avec un timide «moi aussi». Puis elle bondit du lit, ouvrit les volets et s'exclama : «Quelle belle journée, n'est-ce pas?»

Vers midi, elle retrouva Dimitri près du bassin de l'Orne, un endroit qui ressemble à la région des Grands Lacs canadiens. Entre les pins, une immense étendue d'eau translucide et caillouteuse. Héra retira sa robe d'été, et plongea nue du ponton dans l'eau glacée. «Allez, à ton tour maintenant!» Dimitri s'exécuta, dévoilant un corps jeune et athlétique, musclé par des années de natation. Hors de l'eau, il faisait une chaleur étouffante. Le soleil cognait comme jamais. Les zones d'herbe avaient jauni, et aucune fleur n'avait résisté à la canicule. Ne restaient que ces arbres élancés pour offrir un peu d'ombre. Dimitri fit quelques longueurs, puis Héra lança un jeu : rester le plus longtemps sous l'eau. «Je commence!» cria la jeune femme, qui plongea une nouvelle fois et disparut sous la surface. Dimitri avait allongé sa serviette sur le ponton, et séchait au soleil. Il n'y avait plus un bruit. Soudain, en apercevant les sandales d'Héra, il pensa : «Et si elle ne remontait jamais?» Mais à peine fut-il traversé par cette idée qu'elle l'éclaboussa. Il la regardait essorer ses cheveux bruns, et voyait perler sur sa peau de fines gouttes d'eau, qui glissaient le long de ses cuisses et sur ses seins. «À toi maintenant!», et il plongea à son tour. Le jeu se poursuivit toute l'après-midi ; ils firent aussi des concours de longueurs, et s'amusèrent comme des enfants.

Mais vers dix-sept heures, des nuages sombres, qu'illuminait la zébrure d'un éclair, s'amassèrent au-dessus de leur tête. Ils eurent tout juste le temps de se réfugier, trempés, sous un arbre... la pluie ne cessait de tomber.

— Tu l'aimes ? lança Dimitri ; cette fois, ce fut Héra qui détourna le regard.

— Oui, je crois que oui.

Le jeune homme la prit alors dans ses bras.

— Et moi, est-ce que tu m'aimeras ?

— Non, je ne crois pas.

— Tant mieux Héra. Tant mieux.

Il la serra alors un peu plus fort dans ses bras, et pressa ses lèvres contre les siennes. Un frisson lui parcourut le corps. George l'avait éveillée à la sensualité. Dimitri était plus brutal. Elle le sentait et, paradoxalement, ça lui plaisait. Il ne passerait pas des heures à la caresser. Il la prendrait, c'est tout. Dimitri savait ce qu'il voulait, et ne se perdait pas en baisers langoureux. Il ne témoignait d'aucun sentiment, d'aucune affection. Ses gestes étaient ceux d'un homme habitué à posséder des femmes. Pendant qu'il lui faisait l'amour sur l'herbe, elle comprit que cet homme énigmatique ne la rappellerait sans doute jamais après ça, et ça lui convenait plutôt bien.

Les jours qui suivirent, elle se refusa à lui donner le moindre signe de vie. Elle voulait qu'il soit à l'origine de leurs retrouvailles – si retrouvailles il devait y avoir. Mais ni l'un ni l'autre n'eurent à vaincre leur ego mal placé, car ils se croisèrent par hasard peu de temps après.

VI

Ce jour-là, Héra était au marché de Trouville avec George, quand il demanda à vérifier les départs pour Paris. Ils arrivèrent devant le grand panneau, mais les horaires du lendemain n'étaient pas encore affichés.

Pendant que George allait au guichet, elle sortit un cigarillo de sa poche, et s'assit sur un banc du parvis. Et alors qu'elle cherchait du feu, un briquet craqua près de ses oreilles.

— Vous fumez?

Elle rendit son sourire à l'homme qui se tenait devant elle.

— Je ne pensais jamais te revoir, Dimitri.

— Il faut prêter attention quelquefois aux signes du destin. Je fais un aller-retour à Bordeaux... le train part dans quelques minutes. Viens avec moi!

Cette proposition amusa Héra:

— Je ne suis pas seule. Pardonne-moi, je suis obligée de décliner...

Mais au moment où elle prononça ces mots, George Klein apparut. Il avait reconnu la voix de Dimitri, mêlée à celle d'Héra.

— On rentre à la maison.

Klein avait parlé sèchement, comme on rabroue une enfant qui aurait fait une bêtise en public, et qu'on s'apprête à punir en privé. Héra venait de se conduire en femme, refusant l'invitation de Dimitri par principe, mais aussi pour lui montrer à quel point elle était libre de ses désirs et de ses choix. Et Klein venait de l'humilier. Un instant, elle se dit qu'il n'avait pas pensé à mal en agissant ainsi, et qu'il n'avait sans doute pas su contenir sa jalousie. Mais plus fort encore était son amour-propre, et très vite, elle songea à ce que Dimitri pouvait bien penser d'elle. Lui qui n'avait ni Dieu ni maître devait la mépriser, et dès qu'elle vit ses yeux bleus se détourner d'elle, elle fut dévorée de honte. Alors elle prononça les premiers mots qui lui vinrent à l'esprit. Et ils furent tranchants comme des lames de rasoir :

— Je pars avec toi Dimitri. Je n'appartiens à personne.

George Klein était sonné. Même lorsqu'on s'attend au pire, on n'y est jamais vraiment préparé. Ce qui devait arriver arrive, et on reste là, sur le quai d'une gare, interdit. George, paralysé, avait la sensation que son esprit avait abandonné son corps, et il se voyait, lui, sa cagette d'huîtres dans les bras, debout face aux rails d'un train qui avait quitté la gare, qui l'avait quitté lui. Quand sa femme était morte, il s'était juré que la vie ne lui prendrait plus rien, et s'était promis de ne jamais plus s'accrocher aux branches cassantes des femmes. Il avait mis toute son énergie dans son travail. Et s'il s'amusait parfois de la séduction qu'il pouvait exercer – invitant certains week-ends une femme à partager ses nuits –, jamais il ne les laissait franchir le seuil de son cœur. La seule exception à cette règle fut Héra, parce qu'elle lui avait semblé ne pas appartenir au genre féminin, ni tout à fait au genre humain d'ailleurs. Et il s'était laissé prendre, comme un débutant.

Quant à Héra, si elle était montée dans ce train... en pensant faire le choix de la liberté, elle s'était laissé guider une fois de plus par son simple orgueil. Son destin était en marche.

VII

N'y a-t-il rien de plus charmant que la rentrée des classes ? Avec ces enfants qui braillent de peur d'être abandonnés par leurs parents – parents qu'ils abandonneront à leur tour dans des maisons de retraite, bien des années plus tard.

Pour l'instant, tous ces adultes innocents sont massés devant l'école, angoissés pour leur progéniture. Un parfum de vacances flotte encore dans l'air, et nombreuses sont les petites filles qui cherchent de leurs yeux ronds comme des billes leurs futures copines de classe. Un garçon suce son pouce, un doudou informe coincé entre les doigts qui lui restent ; il sanglote. Les enfants d'école primaire sont plus impatients, sur ressort, le pied qui tremble, prêts à foncer dans l'arène dès que les portes s'ouvriront. Ils ont tous des cartables neufs, et, les plus chanceux, le teint des vacances à la mer.

C'est peu dire que la rentrée des classes fait le charme de Paris en cette saison. Comme un parfum de nostalgie, qui nous ramène à notre propre enfance. Agathe adore cette période. Ce qu'elle préfère, c'est acheter les fournitures scolaires d'Hugo. Elle passe des heures au magasin, puis des heures à lui ranger son cartable, les crayons de couleur dans la trousse à crayons de couleur, le cahier de texte dans la poche de devant, un carnet à dessin, des ciseaux, un crayon à papier, une gomme pour effacer le crayon à papier, une règle de trente centimètres. Avec sa sœur, très souvent, elle se chamaillait pour avoir certaines fournitures. C'était toujours Juliette qui gagnait, car leur mère disait toujours : « Agathe, laisse ta sœur tranquille », même quand c'était elle qui l'importunait. Mais maintenant, à l'évocation de ces souvenirs, elle sourit. Laisse voguer ses pensées, pendant qu'elle coud des étiquettes sur les manteaux de son fils, et de fil en aiguille, revoit le visage de sa sœur. Elle comprend alors ce qui la blessait autant chez sa nièce, cette nièce qui avait surgi un matin comme un fantôme : la ressemblance. La dernière fois qu'elle avait vu sa sœur, elle avait l'âge d'Héra.

On n'aime jamais revoir les morts.

Il fait beau en ce jour de rentrée, mais c'est un soleil déclinant, mélancolique, d'un orangé qui annonce une saison en embuscade : l'automne.

VIII

Hugo s'était préparé sagement pour sa rentrée des classes. Il avait fait sa toilette, en veillant à faire le moins de bruit possible pour ne pas réveiller sa mère. Dans la salle de bains, il s'était peigné puis avait tartiné un peu de gel sur ses tempes, avant d'enfiler ses vêtements : un pull en coton beige, une chemise lavande, et le pantalon en velours marron qu'il portait le jour où il l'avait rencontrée. Elle.

Il prit un bon petit-déjeuner, du genre « complet », avec des céréales dans du lait, des tartines de beurre avec de la confiture de myrtilles, des crêpes au sucre, un yaourt nature et des fruits secs. Il termina par un œuf à la coque. Un vrai festin. Avant de partir, il fit son lit, et arrangea sa chambre.

Arrivé devant l'école, il s'arrêta quelques secondes sous un marronnier, et prit une grande respiration. Dans son cartable, il sentait le poids de toutes les fournitures que lui avait arrangées sa mère. Et sous son omoplate, la forme allongée et rigide de sa trousse de crayons de couleur.

Il voyait les autres enfants, qui jouaient aux enfants, avec leurs parents, qui jouaient aux parents. Et malgré son jeune âge, il se sentait différent d'eux ce jour-là. Il ne les enviait pas, non. Il ne les avait jamais enviés d'ailleurs. Il ne faisait plus partie de la gentille troupe de théâtre, voilà tout. La cloche retentit et il fit demi-tour, comme il l'avait prévu.

Quand on repêcha son corps dans la Seine quelques heures plus tard, les pompiers trouvèrent dans sa poche une pièce d'or.

AUTOMNE

I

C'est la saison où tout commence et où tout se termine. Les arbres sont nus, nouveau-nés bordés de feuilles mortes. Voilà : les arbres sont des morts-vivants, et leurs branches se balancent comme des bras décharnés. Dans les chambres d'enfants, ils forment des ombres effrayantes, monstrueuses, amplifiées par le sifflement du vent dans les ramées.

La vie s'amenuise ; sous les châtaigniers, seuls les insectes nécrophages, coléoptères désarticulés, grouillent encore. Ils réduisent les feuilles desséchées en poussière, engloutissent des larves gluantes, dévorent des cadavres d'oiseaux. Et sur les mottes de terre boueuses, des scarabées – croque-morts vêtus de noir – transportent les restes. Qu'il pleuve ou qu'il vente, ils promènent leur carapace comme des corbillards.

Cet automne-là était glacial, et on avait envie de rester sous la couette bien au chaud. Il annonçait une saison rude, où les souris hibernent dans les trous des maisons et où les hommes courbent l'échine dans les rues pour résister aux bourrasques.

Héra retourna à Paris à ce moment-là. Elle avait fait quelques allers-retours avec Dimitri entre-temps, mais n'était encore jamais revenue dans le quartier. Elle redoutait l'instant où il lui faudrait retrouver la rue, l'école et l'appartement de Gabriel. Ça faisait déjà un mois. Un mois que son ami lui avait annoncé l'impensable. Il lui avait dit aussi que Napo était mort, déshydraté pendant l'été. Il l'avait accablée pour sa négligence, son manque de considération pour toutes les vies dont elle avait eu la charge. Elle s'était effondrée, quand il lui avait appris qu'à l'heure de sa mort Hugo n'avait emporté qu'une chose : son seul souvenir d'elle, une petite pièce de Croatie. Il lui dit aussi que tout était sa faute, sa faute à elle, elle que l'enfant adorait et qu'elle avait abandonné. Gabriel l'avait injuriée, il s'était mis à pleurer au téléphone, et plus il pleurait, plus il l'injuriait. Depuis elle n'avait eu aucune nouvelle – le drame avait sonné le glas de leur amitié. Grâce à l'argent de sa première exposition, elle avait pu s'éloigner quelques semaines avec Dimitri ; mais il lui fallait revenir, car elle devait récupérer ses affaires et ses archives chez Gabriel – une autre exposition était en préparation. Alors elle profita d'un jour de classe pour retourner à l'appartement. Rien n'avait changé depuis son départ si ce n'est, sur la table de chevet du professeur, des somnifères. L'appartement autrefois si lumineux gardait désormais les volets fermés.

Héra avait emporté un grand carton, qu'elle remplit bien vite des quelques affaires qu'il lui restait ici et là. Chaque chose était à sa place, comme si le temps s'était arrêté depuis la mort de l'enfant. Une fine couche de poussière recouvrait les meubles, et elle s'empressa de tout vider pour ne pas s'attarder. Il était bientôt midi, et Gabriel rentrait parfois à l'heure du déjeuner.

C'est là, alors qu'elle s'apprêtait à quitter les lieux, qu'elle se souvint qu'elle avait oublié des photos, punaisées sur un mur de sa chambre. Les seules photos d'elle et de son père, sur l'île des paons. Son carton dans un bras, elle commença à les décrocher une à une. La dernière, dépunaisée trop vite, glissa derrière le meuble. C'était un lourd buffet industriel, avec des tiroirs en métal. Elle posa son carton sur le lit, et entreprit de déplacer le buffet qui ne bougeait pas d'un centimètre. Au bout de longues minutes d'efforts, elle se dit qu'il valait mieux abandonner et sortit de l'appartement.

Mais arrivée au rez-de-chaussée, elle remonta les escaliers quatre à quatre, et posa son carton dans l'entrée. Une fois dans la chambre, elle retira les trois tiroirs du bas et, par l'ouverture, parvint à attraper la photo. C'est au moment de remettre l'un des tiroirs qu'elle fit une terrible découverte.

Quelque chose bloquait au fond. Elle essaya de forcer quand même, rien n'y faisait. Impossible de le remettre en place. Alors elle glissa son bras dans le creux du tiroir, mais le retira aussi vite car elle s'était piqué le doigt avec un clou. Plus doucement cette fois, elle remit sa main, et tira d'un coup sec. C'était une enveloppe kraft marron.

Elle l'ouvrit, et en eut la respiration coupée.

En une seconde, elle retraça le film des événements.

Pourquoi, malgré ses diplômes, Gabriel avait choisi de travailler dans une école primaire. Elle comprit les mots de Sacha, qui s'étonnait de la mascarade sociale du jeune professeur qui n'aimait ni les hommes ni les femmes. C'était comme un tourbillon de pensées dans sa tête, un puzzle qu'elle parvenait enfin à assembler pièce par pièce, alors que tout était là, sous ses yeux, depuis longtemps. Elle aurait pu savoir, elle aurait dû savoir.

Gabriel était obsédé par Hugo. Il avait emmagasiné des dizaines de photos, dont des photos de classe, des photos individuelles. Mais aussi des photos qu'il avait prises lui-même. Sur les premiers clichés, l'enfant ne portait qu'un pantalon. Au dos, la mention «cours préparatoire, visite médicale». Une autre photo en particulier attira l'attention d'Héra. Hugo était dans la salle de bains de son appartement, en peignoir, face à la grande baie vitrée. Le cliché avait été pris de l'hôtel d'en face.

Elle n'eut pas le temps d'observer plus longtemps la photo. La porte d'entrée venait de claquer. Elle n'avait pas entendu le cliquetis de clés dans la serrure de l'appartement. Gabriel était là. Il avait lancé ses clés sur la table du salon, et commençait à se faire couler un café dans la cuisine. C'est alors qu'il aperçut le carton dans l'entrée.

Il avança doucement vers la chambre, où Héra s'empressait de tout remettre en place. Mais le tiroir ne fermait toujours pas et sa main tremblait de plus en plus fort. L'enveloppe était coincée. Alors elle l'enfonça en vitesse dans son sac, avant de refermer le tiroir d'un coup sec :

— Tu es là.

Gabriel se tenait dans l'embrasure de la porte, plongé dans l'obscurité. Héra avait du mal à cacher sa nervosité.

Il s'en aperçut :

— Tu es essoufflée ?

— Tu m'as fait peur, c'est tout.

— Tu es toute blanche.

Héra était adossée au meuble, et priait pour qu'il ne s'approche pas :

— Tu es blessée ?

— Une piqûre, c'est tout. Je venais récupérer des affaires. J'avais oublié des... des photos... et j'ai... enfin c'est bon, j'ai tout maintenant. Désolée de t'avoir dérangé, bégaya-t-elle, en serrant très fort son doigt dans son mouchoir.

— Tu es sûre ? Tu es bizarre...

Gabriel la regardait fixement. Ce n'était plus le regard de l'homme qu'elle avait connu, l'homme sur lequel elle posait son épaule, l'ami qui lui caressait les cheveux quand ils allaient au cinéma ou l'emmenait danser. Ses yeux étaient cernés et rouges, des yeux d'insomniaque. Ses lèvres pincées.

Héra n'avait plus qu'une idée en tête à présent. Sortir de cet appartement le plus vite possible.

— Bon, je vais y aller. Trop de souvenirs ici...

— Tu ne peux pas partir comme ça, reste au moins pour le café.

Puis il s'approcha d'elle et, du même coup, du meuble industriel. Il posa sa main sur son épaule :

— Tu trembles ?

Elle se déroba prestement :

— Non. Allez viens, on va prendre un café.

Héra avait parlé avec autorité, pour camoufler son émotion. Mais c'était trop tard. Tandis qu'ils discutaient de tout et de rien, Gabriel regardait ailleurs par moments. Il semblait penser à autre chose. Ses doigts pianotaient sur la table, de plus en plus vite. Et quand il prétexta devoir passer aux toilettes – qui se trouvaient juste à côté de la chambre –, elle comprit.

Alors elle attrapa son sac à main et quitta l'appartement, laissant son carton à l'intérieur. Dévala les escaliers à toute vitesse. Et s'enfuit en courant dans la rue. Elle courut, courut, courut sans s'arrêter. Son doigt s'était remis à saigner, d'un rouge presque violet. Elle arrêta sa course seulement à la pharmacie. Mais Mme Henri, la voyant traverser la rue, fit descendre le rideau du magasin. Héra poursuivit. Le quartier était désert, comme si l'oiseau de malheur qu'elle était devenue faisait fuir les passants. Même les feuilles mortes avaient été balayées.

Elle arriva devant l'appartement des Duchaussoy. L'immense porte semblait encore plus imposante. Elle entra dans la cour intérieure, comme elle en avait l'habitude, mais ne sonna pas à l'interphone. Au lieu de ça, elle glissa sa main dans la boîte aux lettres, et en ressortit une montagne de publicités pour des pizzas. Mais aussi une enveloppe adressée à Agathe, qu'elle ouvrit. C'était une grande marque de linge de maison, qui l'informait des promotions à venir sur les housses de couette. Héra rangea ce courrier dans son sac, comme si la moindre trace de sa vie d'avant la rassurait, ne serait-ce qu'un nom familier sur une enveloppe. Un instant elle voulut tout recommencer. Rembobiner le film. Retrouver cette famille étrange et désespérante. Retrouver Hugo, et lui jurer qu'elle veillerait sur lui. Mais comme les épaves se disloquent au fond des océans, jamais le passé n'émerge des abysses. Et l'on avance, sur une barque instable, un rafiot qui navigue tant bien que mal jusqu'au Styx. La seule certitude, c'est la destination.

Héra sortit de l'immeuble, et se figea.

Une douleur déchirante l'avait saisie au ventre.

C'est là qu'elle avait vu Hugo pour la dernière fois, et elle réalisait enfin qu'elle ne le reverrait plus jamais. Que tout cela était bien réel. Elle repensait à sa proposition, de partir loin, tous les deux. Elle l'avait pris pour un enfant, c'était là sa plus grande erreur : on a tort de ne pas prendre au sérieux les enfants. Il l'aimait, et ce n'était pas moins important qu'un amour de grande personne. Il souffrait, et ce n'était pas moins grave qu'une souffrance de grande personne. Et il était mort, comme une grande personne. Héra leva les yeux vers l'appartement. Elle avait essayé d'appeler sa tante plusieurs fois, mais le téléphone sonnait occupé. À la fenêtre de l'appartement, un panneau : À VENDRE.

II

Cette nuit-là, Héra ne parvint pas à trouver le sommeil. Le remords la rongeait. Tout était sous ses yeux, depuis le début, et elle n'avait rien vu. Elle n'avait pas prêté attention à lui comme elle aurait dû, absorbée par son ambition. Elle n'avait rien pu faire pour sa mère, ni pour Titus, et elle n'avait rien fait pour lui...

Elle chercha dans ses affaires une kuna, la même que celle qu'elle avait donnée à Hugo, et la serra dans sa main. Cette pensée la bouleversait : l'enfant l'avait gardée dans sa poche. Comme un morceau d'elle, qui avait sombré avec lui.

Désormais, le souvenir d'Hugo était tout entier contenu dans cet objet. Elle avait longtemps omis ce détail de leur rencontre, cette pièce de monnaie sans grande valeur... et c'est sans doute pour cette raison que ça la touchait autant désormais : rien n'avait pu altérer ce souvenir caché, enfoui dans le vide-greniers de la mémoire. Ce lieu, où l'on range tout ce qui nous paraît insignifiant : les phrases sans intérêt, les rencontres sans conséquence, les objets dont on se fiche. Mais ainsi protégés de la lumière, protégés de nos pensées elles-mêmes, ces souvenirs oubliés ne s'abîment jamais. Et ce sont eux qui nous font le plus souffrir quand ils nous reviennent.

Ils nous transportent instantanément dans un passé intact.

Elle revivait, comme au premier jour, sa rencontre avec Hugo. Le timbre de sa voix, qu'elle avait connu en premier. Cette paume qui avait surgi face à elle. Puis ce visage d'enfant, qu'elle avait instantanément eu envie d'embrasser. Et soudain, elle se mit à pleurer. Elle serra la pièce de toutes ses forces, comme elle aurait aimé serrer le corps de son cousin une dernière fois.

Dimitri était sorti, et elle savait qu'il ne rentrerait pas avant le lendemain matin. Elle l'avait vu pendant leurs voyages s'abîmer dans l'alcool et les soirées mondaines. Il n'y avait rien chez lui qui pouvait la rassurer ou l'apaiser. Il était fougueux comme un cheval de course... et balayait toute contrainte d'un revers de la main. Il correspondait à une saison où tout, dans sa vie professionnelle, lui réussissait, et où elle avait besoin de sensations fortes pour oublier le reste. Dans ces moments-là, elle se sentait comme une déesse parmi les hommes.

On la reconnaissait dans les boîtes à la mode, et elle dansait toutes les nuits avec des inconnus.

Le soir où elle avait appris la mort d'Hugo, elle avait converti sa tristesse en une joie sauvage, démesurée, excessive ; tout casser, tout exploser, vivre absolument. La journée, elle multipliait les interviews, les déjeuners avec les amis de Dimitri.

Mais maintenant, la belle saison était terminée. Elle avait subi un choc et n'avait plus besoin d'un amant fou, mais d'un amour sincère. Elle songeait à George Klein, à sa douceur et à son calme, son autorité naturelle et au bien qu'il lui avait fait. Elle l'avait trahi lui aussi, emportée par son caractère de jeune femme impossible...
À George elle aurait pu demander conseil. Il connaissait son histoire, elle lui avait parlé d'Hugo. À Dimitri, jamais. Et jamais il ne lui avait posé la moindre question ; ce n'était pas son affaire. Ils s'étaient connus, et cela s'arrêtait là.

À présent elle se sentait tout à fait seule. Elle repensait à la photo d'Hugo. Son peignoir, cette salle de bains, ce voyeur derrière la fenêtre, et c'est avec cette dernière image qu'elle s'endormit...

III

— C'est la chambre 10.

L'hôtel, elle n'y aurait jamais mis les pieds si les événements ne l'y avaient contrainte. Mais désormais, elle voulait aller au bout. Comprendre cette histoire. Pour Hugo. La vitre de la salle de bains des Duchaussoy donnait sur plusieurs chambres, c'est de là que la photo avait été prise, à la longue focale.

— C'est la chambre 10, répétait la vieille.
— J'aimerais la louer.
— Ah ça, c'est pas possible. Elle est louée à l'année.
— Qui loue cette chambre? Je peux savoir?
— Vous croyez vraiment que je vais vous refiler la liste des clients? Comme ça? Et vous êtes qui, d'abord?

La femme se tenait voûtée derrière le comptoir. Elle serrait dans ses mains rugueuses son carnet de réservations.

— Héra, j'habite en face. Enfin, j'habitais...

— Héra... Héra... attendez... ça me dit quelque chose. Attendez une seconde.

La vieille fouillait dans son tiroir. Elle parlait toute seule :

— Ah... où est-ce que je l'ai mise ? Il me semblait pourtant bien l'avoir rangée ici. Ah ça y est, je sais.

Elle posa son carnet de réservations sur la table, puis récupéra une enveloppe dans la poubelle sous le comptoir.

— C'est bien ce qui me semblait ! Je cache toujours mes papiers importants dans la poubelle. Au moins personne n'aurait l'idée d'aller fouiller ici. Tenez.

C'était une lettre cachetée. Une enveloppe en papier de soie, avec le prénom «Héra» calligraphié. Une très belle écriture, à l'encre noire. Héra n'attendit pas de sortir de l'hôtel pour l'ouvrir :

Cette chambre est la mienne.
Je savais que vous viendriez.
Maudite curiosité, n'est-ce pas ?
Rendez-vous dans ma boutique. Ce soir, vingt heures. Vous saurez tout.
Édouard Quentin

P-S : Ne soyez pas en retard. Chez moi, on dîne à heure fixe.

IV

Héra, bien sûr, était en retard.

Elle avait volontairement pris un bain un peu long, et étalé de la crème sur toute la surface de son corps. « Soyez à l'heure. » Il attendrait. Chaque jour il avait été là, à l'observer. Elle avait senti sa présence, comme un aigle guettant sa proie pendant des heures et des heures avant de bondir sur elle le moment venu.

Le moment était venu.

Qu'avait-elle à perdre? Sa vie? Elle était déjà perdue, sa vie. Cette visite nocturne l'excitait même un peu, attisait sa curiosité, et c'était rare ces derniers temps; l'amour l'avait déçue, l'amitié davantage, mais la peur, elle, ne déçoit jamais.

Alors elle s'était habillée comme pour son dernier soir. Elle avait enfilé une robe couleur bleu roi, et avait glissé une barrette surmontée d'une plume de paon dans son chignon. Sa nuque était découverte, nue, offerte au prédateur qui viendrait la mordre juste là, sur cette veine violacée qui bat lentement, calmement, tranquillement, à travers sa peau...

Lorsqu'elle sortit dans la rue, il faisait très froid. Mais elle ne sentait plus le froid. Elle marchait, à la recherche d'un taxi.

— Vous pouvez attendre longtemps !

C'était une femme noire, avec les cheveux dans un fichu. Elle était assise à l'arrêt de bus, près de la borne des taxis.

— C'est la grève, madame...

La femme monta dans le bus, et l'incita à monter à son tour. Mais Héra ne bougeait pas, sûre de pouvoir trouver un taxi.

Il commençait à pleuvoir. Une pluie douce, puis furieuse, une pluie folle, qui fouettait les pavés et claquait les vitres de l'abribus sous lequel Héra s'était réfugiée. Le vent balayait les branches des arbres, les tordait et les brisait en deux, et des nuages noirs avaient formé la nuit, lorsqu'un éclair déchira le ciel.

Héra n'avait plus d'autre choix que de s'enfoncer dans une bouche de métro. Lorsqu'elle arriva devant la boutique de l'opticien, elle avait vingt minutes de retard.

V

À travers la vitrine, tout était sombre. Héra poussa la porte, qui grinça. Le bureau de l'opticien, éclairé par la lune, était recouvert de poussière. Elle retira son manteau, et se pencha vers la trappe, laissée entrouverte. Un mince faisceau de lumière éclairait la cave, où du matériel d'optique était entassé.

— Monsieur Quentin ? Je suis là.

Et comme personne ne répondait, elle descendit quelques marches.

— Je vous préviens, je m'en vais... Vous ne me faites pas peur.

À l'angle de la pièce, l'ombre d'un homme apparut. Elle ne parvenait à distinguer ni son visage ni ses traits, mais reconnut sa voix. Une voix froide, calme, et autoritaire, comme le jour où il lui avait intimé de s'asseoir dans sa boutique :

Je vous avais dit d'être à l'heure.

Héra eut un mouvement de recul. L'homme dirigea une lampe torche vers elle.

N'essayez pas de vous enfuir.

Voyez ce que vous avez fait, Héra.

Vous avez sacrifié un enfant, sur l'autel de votre gloriole.

Méprisé chacun de mes avertissements.

Comment voulez-vous fuir ?

À quoi ressemblera votre vie, maintenant ?

Héra sentait ses jambes tressaillir. Chacun des mots de l'opticien la blessait. Chacun des mots de l'opticien la transperçait, comme un pic à glace.

J'ai bien essayé pourtant... de sauver quelque chose.

J'étais le seul à pouvoir vous aider, Héra.

J'aurais pu vous sauver de la malédiction...

Mais vous n'avez rien voulu savoir.

Il marqua une pause, et lui asséna :

Vous ne valez pas mieux que les autres.

Et maintenant, c'est trop tard.

L'opticien se tut.

Elle se laissa glisser sur le sol.

Tout commençait à tourner autour d'elle...

Elle n'avait rien avalé depuis deux jours, le ventre noué par la culpabilité.

Cette culpabilité, pire qu'une peine de prison, pire qu'une peine de mort.

Il faisait si froid. Elle poussa de toutes ses forces sur ses jambes, poussa encore plus fort, mais ses membres restaient désespérément immobiles et raides.

N'essayez pas de vous enfuir, vous voyez bien que vous n'en avez plus la force...

Héra continuait de s'agiter.

Je ne peux plus rien pour vous.

L'orgueil, Héra, l'orgueil...

La douleur l'avait tétanisée. Elle enfonça sa tête dans ses bras.

C'est alors qu'elle sentit comme une présence ; c'était un souffle chaud et enveloppant, qui l'apaisait petit à petit. Un souffle d'une puissance inouïe : un mélange de parfums, de couleurs, d'impressions. Toutes ces traces qu'une personne laisse derrière elle... Et qui perdurent, éternelles, dans la chair des vivants.

Héra se souvenait de son père d'abord, qui avait vu dans la mort des paons, mystérieuse et brutale, la sanction de son entêtement. Il connaissait la loi de cette île inhospitalière, mais croyait pouvoir conjurer la malédiction des moines par la seule bonté de son caractère. Pur, il l'était. Mais celui qui se juge plus honnête que les autres ne fait-il pas lui-même preuve d'orgueil ? Il s'était laissé aller à cette passion-là et en avait été puni... car *il n'y a pas de dieu parmi les hommes.*

Héra venait tout juste de le comprendre, trop tard. Adonis – voulant la protéger de ce malheur – l'y avait précipitée en l'envoyant à Paris.

Là-bas, elle avait rencontré Hugo. Il était là, lui aussi. Il était là, et c'est son rire qu'elle entendait. Et c'est sa démarche, son allure de petit bonhomme qu'elle revoyait. Et c'est l'odeur de ses cheveux, son shampoing à la fraise, qu'elle respirait. Et elle songeait qu'elle aurait pu s'en sortir grâce à lui, ou plutôt «avec lui», si elle n'avait fini par succomber au même vice que son père : l'orgueil. L'orgueil de celle qui méprise un avertissement. L'orgueil des ambitions et des rêves de gloire. L'orgueil qui se regarde le fond de l'œil et ignore la souffrance des autres. Jusqu'à cet orgueil, apparemment innocent, qu'on met à être en retard. En ce sens, elle était tout aussi coupable que Gabriel. Son destin n'était qu'un juste retour des choses : il n'y a pas de pire malédiction que celle qu'on s'inflige à soi-même.

Et tandis que les paupières de la jeune fille devenaient lourdes, elle aperçut une dernière fois la beauté. La photographie de «La Mort du paon» était accrochée au mur de la cave...

Elle regardait son ami Titus, allongé comme elle sur le drapé de sa robe, et elle se sentit partir loin, très loin, vers une île d'où on ne revient pas.

Près d'elle, l'homme s'agenouilla et récita une prière.

Il avait l'habit et l'expression froide d'un moine.

DE LA MÊME AUTRICE

Aux Éditions Gallimard

L'ŒIL DU PAON, 2019 (Folio n° 6883)

COLLECTION FOLIO

Dernières parutions

6876. Kazuo Ishiguro — *2 nouvelles musicales*
6877. Collectif — *Fioretti. Légendes de saint François d'Assise*
6878. Herta Müller — *La convocation*
6879. Giosuè Calaciura — *Borgo Vecchio*
6880. Marc Dugain — *Intérieur jour*
6881. Marc Dugain — *Transparence*
6882. Elena Ferrante — *Frantumaglia. L'écriture et ma vie*
6883. Lilia Hassaine — *L'œil du paon*
6884. Jon McGregor — *Réservoir 13*
6885. Caroline Lamarche — *Nous sommes à la lisière*
6886. Isabelle Sorente — *Le complexe de la sorcière*
6887. Karine Tuil — *Les choses humaines*
6888. Ovide — *Pénélope à Ulysse et autres lettres d'amour de grandes héroïnes antiques*
6889. Louis Pergaud — *La tragique aventure de Goupil et autres contes animaliers*
6890. Rainer Maria Rilke — *Notes sur la mélodie des choses et autres textes*
6891. George Orwell — *Mil neuf cent quatre-vingt-quatre*
6892. Jacques Casanova — *Histoire de ma vie*
6893. Santiago H. Amigorena — *Le ghetto intérieur*
6894. Dominique Barbéris — *Un dimanche à Ville-d'Avray*
6895. Alessandro Baricco — *The Game*
6896. Joffrine Donnadieu — *Une histoire de France*
6897. Marie Nimier — *Les confidences*
6898. Sylvain Ouillon — *Les jours*
6899. Ludmila Oulitskaïa — *Médée et ses enfants*

6900.	Antoine Wauters	*Pense aux pierres sous tes pas*
6901.	Franz-Olivier Giesbert	*Le schmock*
6902.	Élisée Reclus	*La source* et autres histoires d'un ruisseau
6903.	Simone Weil	*Étude pour une déclaration des obligations envers l'être humain* et autres textes
6904.	Aurélien Bellanger	*Le continent de la douceur*
6905.	Jean-Philippe Blondel	*La grande escapade*
6906.	Astrid Éliard	*La dernière fois que j'ai vu Adèle*
6907.	Lian Hearn	*Shikanoko, livres I et II*
6908.	Lian Hearn	*Shikanoko, livres III et IV*
6909.	Roy Jacobsen	*Mer blanche*
6910.	Luc Lang	*La tentation*
6911.	Jean-Baptiste Naudet	*La blessure*
6912.	Erik Orsenna	*Briser en nous la mer gelée*
6913.	Sylvain Prudhomme	*Par les routes*
6914.	Vincent Raynaud	*Au tournant de la nuit*
6915.	Kazuki Sakuraba	*La légende des filles rouges*
6916.	Philippe Sollers	*Désir*
6917.	Charles Baudelaire	*De l'essence du rire* et autres textes
6918.	Marguerite Duras	*Madame Dodin*
6919.	Madame de Genlis	*Mademoiselle de Clermont*
6920.	Collectif	*La Commune des écrivains. Paris, 1871 : vivre et écrire l'insurrection*
6921.	Jonathan Coe	*Le cœur de l'Angleterre*
6922.	Yoann Barbereau	*Dans les geôles de Sibérie*
6923.	Raphaël Confiant	*Grand café Martinique*
6924.	Jérôme Garcin	*Le dernier hiver du Cid*
6925.	Arnaud de La Grange	*Le huitième soir*
6926.	Javier Marías	*Berta Isla*
6927.	Fiona Mozley	*Elmet*
6928.	Philip Pullman	*La Belle Sauvage. La trilogie de la Poussière, I*

6929.	Jean-Christophe Rufin	*Les trois femmes du Consul. Les énigmes d'Aurel le Consul*
6930.	Collectif	*Haikus de printemps et d'été*
6931.	Épicure	*Lettre à Ménécée et autres textes*
6932.	Marcel Proust	*Le Mystérieux Correspondant et autres nouvelles retrouvées*
6933.	Nelly Alard	*La vie que tu t'étais imaginée*
6934.	Sophie Chauveau	*La fabrique des pervers*
6935.	Cecil Scott Forester	*L'heureux retour*
6936.	Cecil Scott Forester	*Un vaisseau de ligne*
6937.	Cecil Scott Forester	*Pavillon haut*
6938.	Pam Jenoff	*La parade des enfants perdus*
6939.	Maylis de Kerangal	*Ni fleurs ni couronnes* suivi de *Sous la cendre*
6940.	Michèle Lesbre	*Rendez-vous à Parme*
6941.	Akira Mizubayashi	*Âme brisée*
6942.	Arto Paasilinna	*Adam & Eve*
6943.	Leïla Slimani	*Le pays des autres*
6944.	Zadie Smith	*Indices*
6945.	Cesare Pavese	*La plage*
6946.	Rabindranath Tagore	*À quatre voix*
6947.	Jean de La Fontaine	*Les Amours de Psyché et de Cupidon* précédé d'*Adonis* et du *Songe de Vaux*
6948.	Bartabas	*D'un cheval l'autre*
6949.	Tonino Benacquista	*Toutes les histoires d'amour ont été racontées, sauf une*
6950.	François Cavanna	*Crève, Ducon !*
6951.	René Frégni	*Dernier arrêt avant l'automne*
6952.	Violaine Huisman	*Rose désert*
6953.	Alexandre Labruffe	*Chroniques d'une station-service*
6954.	Franck Maubert	*Avec Bacon*
6955.	Claire Messud	*Avant le bouleversement du monde*
6956.	Olivier Rolin	*Extérieur monde*
6957.	Karina Sainz Borgo	*La fille de l'Espagnole*
6958.	Julie Wolkenstein	*Et toujours en été*
6959.	James Fenimore Cooper	*Le Corsaire Rouge*

Composition Soft Office
Impression Maury Imprimeur
45330 Malesherbes
le 3 novembre 2021
Dépôt légal : novembre 2021
1er dépôt légal dans la collection : novembre 2020
Numéro d'imprimeur : 258550

ISBN 978-2-07-292156-8 / Imprimé en France.

434484